Rainer Haak
Die Fischerhütte im Irgendwo

Rainer Haak

DIE FISCHERHÜTTE IM *Irgendwo*

Auf der Suche nach den Farben des Lebens

Eine Erzählung

adeo

Copyright © 2024 adeo Verlag
in der SCM Verlagsgruppe GmbH,
Berliner Ring 62, 35576 Wetzlar

1. Auflage 2024
Bestell-Nr. 835389
ISBN 978-3-86334-389-7

Umschlaggestaltung: spoon Design · Lynn Johannson
Umschlagfoto: A. Film / Shutterstock
Satz: Greiner & Reichel, Köln
Druck und Verarbeitung: GGP Media GmbH, Pößneck
Printed in Germany

www.adeo-verlag.de

Alles in diesem Buch ist wahr.
Auf seine Weise.
Es wird so oder ganz anders
von denen erlebt,
die sich auf die Suche machen
nach sich selbst
und den vielen Farben des Lebens.

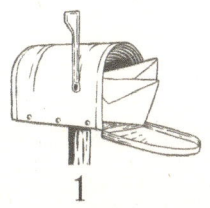

1

BEI GIOVANNI IN DER TRATTORIA
(Wie alles begann)

Tom schlug sein altes Notizbuch auf. Mit einem energischen Strich von oben nach unten teilte er die Seite in zwei Hälften. Links oben schrieb er „Positiv", rechts „Negativ". Er wollte endlich seine Gedanken und Gefühle ordnen.

Schon seit längerer Zeit dachte er über sein Leben nach. Es fühlte sich klebrig an. Alles war wie immer. Nur graue, langweilige Routine, von der er sich wie gefesselt fühlte. Es gab kaum noch etwas, worauf er sich freute. Längst hatte er aufgehört zu träumen. Er wollte, dass alles anders wird. Und traute sich nicht, etwas zu ändern. Er wusste selbst nicht, was er wollte, und fand, dass ihm immer mehr Aufgaben und Hindernisse das Leben schwer machten.

Die linke Seite dürfte fast leer bleiben, da war er sicher. Was gab es denn schon Positives in seinem Leben? Er dachte an die Zeltausrüstung, die im Keller lagerte. Aber er hatte sie seit drei Jahren nicht mehr benutzt. Zu ärgerlich, dass gerade jetzt sein Stift den Geist aufgab: „ZeltausrrrRRR". Er seufzte. Dann schlurfte er zur Schublade und kramte einen Ersatzstift hervor: „Zeltausrüstung". Das fast leere Blatt Papier starrte ihn

7

herausfordernd an. *Was gibt es sonst noch an Positivem?*, fragte er sich. Ihm fielen seine Kumpels ein, wie er sie immer noch nannte. Er überlegte, wie lange er sie schon kannte. *Fast mein ganzes Leben!*

Dann dachte er an seine Schwester. Britta war ein richtiger Sonnenschein. Er liebte ihr glucksendes Lachen. Sie hatte fast immer gute Laune. Doch kürzlich hatte sie ihn ganz ernst angeschaut und gefragt: „Was ist eigentlich mit dir los? Ich erkenne dich kaum wieder. Du funkelst und sprühst gar nicht mehr. So kann das nicht weitergehen!" Er wollte es sich zu Herzen nehmen, hatte er versprochen. Noch einmal schaute er in sein Notizbuch. *Wo sie recht hat, hat sie recht,* fasste er seine Erkenntnis zusammen. *Ich muss mal raus aus allem und mich selbst wiederfinden.*

Aber die Zeit verging wie immer in den letzten Jahren viel zu schnell. Es war Sommer geworden und Tom hatte sein Vorhaben fast vergessen. Nur einmal hatte er einen Versuch gestartet, an einem Donnerstagabend, als er sich wie jede Woche mit seinen Kumpels traf. Früher hatten sie gemeinsam tausend Abenteuer erlebt, draußen am Fluss, oben im Wald oder irgendwo am Meer. Oft hatten sie bis in die Nacht hinein diskutiert und die Welt verändert.

Seit einigen Jahren trafen sie sich meistens in der Trattoria bei Giovanni, aßen gepflegt und ließen sich den Rotwein schmecken. An jenem Donnerstag hatte Tom an sein Glas geklopft, unsicher um Gehör gebeten und seine Situation geschildert. „Vielleicht hat ja jemand von euch eine Idee, wohin ich mich für ein paar Tage zurückziehen könnte, um ungestört zu entspannen und nachzudenken. Lasst doch mal eure Kontakte und Beziehungen spielen und sagt es gern weiter." Danach hatte er Saltimbocca alla

Romana gegessen mit ein paar Gläsern funkelndem rubinrotem Wein – zur Feier des Tages.

Einige Wochen später entdeckte Tom in seinem Briefkasten einen unscheinbaren, herausgerissenen Zettel. Er nahm ihn mit spitzen Fingern an sich und schüttelte lächelnd den Kopf. Vielleicht irgendwelche Kinder?

In der Wohnung sah er sich den Zettel genauer an. Handschriftlich stand dort: Fisherman-lodge.com. Darunter waren eine Adresse und eine Telefonnummer geschrieben. Seine Neugier war geweckt. Schnell öffnete er seinen Laptop und schaute nach: www.fisherman-lodge.com. Doch die Seite konnte nicht gefunden werden. *Ob mich da jemand auf den Arm nehmen will?* Er legte den Zettel erst einmal zur Seite.

Die Sache ließ ihn jedoch nicht los. Das Wort *Fisherman* gefiel ihm. Es hörte sich nach Abenteuer an. Und bei dem Wort *Lodge* dachte er an einen Aufenthalt vor zwei Jahren in Kanada zurück. Da hatte er eine coole, edle Unterkunft mitten in paradiesischer Wildnis gehabt.

Er wählte die Telefonnummer von dem Zettel. Sein Herz klopfte laut. Ob er jemanden erreichen würde?

„Hier Fisherman's Trail, Guten Tag, Sie sprechen mit Hubert Salaske."

Tom musste kurz grinsen, dann meldete er sich.

„Tom Fisherman, äh, Entschuldigung, Tom Sander, ich habe Ihre Telefonnummer, nein, ich wollte fragen, ob Sie eine Unterkunft für ein paar Tage haben, in der ich ungestört ausspannen und entschleunigen kann. Irgendwo abseits in der Natur. So eine Art Auszeit, wie im Kloster." Tom schluckte. Er wusste so gar nicht, worauf er sich da einlassen würde.

Hubert Salaske sprach ruhig, er schien sich über den Anruf nicht zu wundern. „Sie können gern in unserer Fisherman-Lodge wohnen. Sie liegt mitten in einem Naturschutzgebiet, völlig abseits an einem romantischen See."

„Wunderbar!", antwortete Tom erfreut, „Vielleicht für drei oder vier Tage. Ich glaube, länger brauche ich nicht."

Salaske sprach genauso ruhig wie am Anfang. „Tut mir leid, wir vermieten die Lodge nur für 14 Tage am Stück. Wir haben die Erfahrung gemacht, dass unsere Gäste diese Zeit brauchen."

Tom überlegte fieberhaft. So lange hatte er sich das nicht vorgestellt. *14 Tage hört sich so an, als wollen die möglichst viel an mir verdienen. Wie soll ich mich denn nun entscheiden?*

„Hallo, Herr Sander? Wollen Sie die Lodge mieten?"

Tom gab sich einen Ruck. *Hoffentlich mache ich das Richtige!*

„Also gut, ich komme für 14 Tage."

„Ich buche Sie dann ein", sagte Salaske ohne Betonung, als hätte er die Antwort erwartet. „Und bitte nehmen Sie so wenig Gepäck wie möglich mit. Ein Rucksack und eine Reisetasche, das wäre in Ordnung."

Ihm blieben zwei Wochen zur Vorbereitung. *Wenig Gepäck, das ist vielleicht eine gute Möglichkeit, loslassen zu lernen.* Er dachte zurück an einige Wildnis-Camps vor Jahren in Schweden. Er schloss die Augen und begann zu lächeln. Die Erinnerungen taten ihm gut. Damals war alles sehr einfach und spartanisch gewesen. Er schluckte mehrmals. *Inzwischen habe ich zum Glück die ideale Mischung für meine Reisen gefunden: schöne Hotels mit Sauna und Wellness und trotzdem Natur und Wildnis.*

In den nächsten Tagen besorgte sich Tom eine zünftige Outdoorhose mit extragroßen Taschen. *Die gönne ich mir!* Und natürlich bestellte er ein schwedisches Taschenmesser. Ein richtiges Bushcraft-Messer. Zwei Tage vor der Abfahrt wurde es geliefert. Ehrfürchtig packte er es aus und nahm es zärtlich in die Hand. Er strich über den Griff aus Bubinga, einem extrem harten Holz. Die Klinge ließ sich nur mit beiden Händen öffnen. *Sicherheit geht vor!*

Hose, Messer, dazu kam selbstverständlich noch ein neues Notizbuch mit drei Stiften. *Für alle Fälle!*

In der letzten Nacht vor der Abfahrt schlief Tom sehr unruhig. Er träumte von seiner Lodge, von Sauna und Wellness und fantastischem Essen und Trinken. Zugleich sah er sich als Abenteurer und Entdecker durch die wilde Natur pirschen. Und er genoss die lauen Abende auf der Terrasse, an denen er große Erkenntnisse in sein neues Notizbuch schrieb.

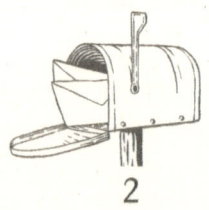

2

DAS HELLBLAUE RUDERBOOT
(Es geht los)

Kurz vor der Abfahrt checkte Tom noch einmal sein Gepäck. Es war immer noch zu viel, was da in der Diele gestapelt war. Den Laptop nahm er zur Seite. Den brauchte er in der Lodge nicht, denn er wollte die Tage nutzen, um digital zu entgiften. Manches legte er spontan weg und holte es gleich wieder zurück. Er spürte, wie seine Aufregung immer größer wurde. Einige Bücher fischte er wieder aus dem Gepäck – schließlich wollte er live etwas erleben und nicht nur über die Träume und Abenteuer anderer lesen. *Was brauche ich wirklich? Überhaupt: Worauf habe ich mich da nur eingelassen?*

Plötzlich stand Britta vor der Tür. *Meine Schwester ist wirklich ein Schatz!* Sie hatte ihm noch etwas Proviant für die Fahrt mitgebracht und das strahlendste Lächeln der Welt. Das war das Beste, was er auf die Reise mitnehmen konnte.

Dann saß er im Auto und fuhr los. *Ich muss verrückt sein!* Er hatte jetzt gut vier Stunden Zeit, sich innerlich auf das Abenteuer vorzubereiten. Draußen zog ein schöner Spätsommertag an ihm vorbei. Sein Kopf war voll. Nein, er war leer. *Ich sollte mich etwas ablenken und für die richtige Urlaubsstimmung sorgen!*

Er schaltete seine Playlist vom vorletzten Sommer ein. Das tat gut. Sofort begann er zu lächeln und manchmal sang er laut mit: „Country roads, take me home ..."

Am frühen Nachmittag kam er in dem Dorf an, in dem sich die Agentur befinden sollte. Fast wäre er hindurchgefahren. Bei dem kleinen Laden am Ortsende machte er kehrt und fuhr langsam an ein paar alten Bauernhäusern vorbei, einem Friseursalon mit der Aufschrift „Schnittpunkt" und einer Baumschule. Schließlich kam eine unscheinbare Baracke mit der Aufschrift „Fisherman's Trail" in sein Blickfeld. Er war am Ziel, Dorfstraße 5.

Tom hielt an und stieg zögernd aus. Eigentlich hatte er ein großes, modernes Gebäude erwartet. Skeptisch öffnete er die Tür. Es roch nach Deo und Maschinenöl. *Seltsame Mischung,* fand er. Hinter dem Tresen stand ein Mann mit einem kleinen Bauch und langen, leicht ergrauten Haaren. Er trug ein schwarzes T-Shirt und ein knallgrünes Jackett. Am auffallendsten war seine Nerd-Brille aus Horn.

„Guten Tag! Herr Salaske? Ich bin ..."

„Sie sind Tom Sander, nicht wahr? Es ist alles für Sie bereit. Hier sind Ihr Schlüssel und ein paar Informationen. Den Schlüssel lassen Sie bei der Abreise bitte stecken."

Das ging schnell, dachte Tom verwundert. „In welche Richtung fahre ich weiter, um zur Lodge zu kommen?"

Salaske sah zum Fenster hinaus zu Toms Auto und sagte mit seiner unaufgeregten Stimme, die Tom noch gut von ihrem Telefongespräch im Ohr hatte: „Den Wagen lassen Sie einfach hier. Der Fußweg beginnt gleich auf der anderen Seite der Straße, sehen Sie, dort. Zwei bis drei Stunden, dann sind Sie angekommen. Wenn Sie immer der Plakette mit dem Fisch folgen, kommen Sie exakt zur Fisherman's Lodge."

In diesem Augenblick war Tom fest davon überzeugt, den größten Fehler seines Lebens gemacht zu haben. *Mein schweres Gepäck durch den Urwald schleppen? Was ist das für ein Service?* Benebelt drehte er sich um und ging zur Tür.

Salaske sagte noch mit seiner monotonen Stimme, dass es in dem Naturschutzgebiet um die Lodge herum keinen Empfang gebe. Dann fügte er kurz hinzu: „Also kein Netz, meine ich."

Tom hatte den Schlüssel in die Hosentasche gesteckt. *Sonderbar, den Schlüssel hätte ich doch auch bei der Rezeption der Ferienanlage abholen können. Das ist überhaupt alles sehr sonderbar.*

Kopfschüttelnd wuchtete er den Rucksack und die Reisetasche aus seinem Kofferraum. *Ich verstehe, so wenig Gepäck wie möglich.* Er schluckte mehrmals und zog die Schultern hoch.

Trotzig stiefelte er über die gepflasterte Dorfstraße. Gleich auf der anderen Seite zeigte eine blaue Plakette mit einem Fisch den Beginn des Wanderweges an. Er blickte noch einmal zur anderen Seite. Seinen Wagen ließ er nur ungern hier zurück.

Na, dann wollen wir mal, machte er sich Mut und schritt los mit frischem Schwung. Für kurze Zeit war er wieder der Entdecker, der sich auf ein großes Abenteuer einlässt. Doch es dauerte keine halbe Stunde, da spürte er das Gewicht des Rucksacks und der Reisetasche. Sein Rücken begann zu schmerzen. *So hatte ich mir den Urlaub nicht vorgestellt!* Der Weg wurde schmaler und manchmal ratschte ihm ein Zweig ins Gesicht. *Aua!* Und wieder fragte er sich: *Was tue ich hier eigentlich?*

Durch die Büsche und das Schilf rechts vom Weg war an einigen Stellen bereits der See zu erahnen. Fast schien es, als würde er das Wasser riechen. Er hielt an und stellte das Gepäck mitten auf dem Wanderpfad ab. Vorsichtig bahnte er sich den Weg zum Seeufer. Dort angekommen, konnte er kaum glauben, was zu sehen war. Das Wasser glänzte, blinzelte und funkelte wunderschön in der Nachmittagssonne.

Tom holte tief Luft. Er genoss es, hier zu stehen und sich von der Schönheit in ferne Lüfte entführen zu lassen. Er folgte mit seinem Blick den Vögeln am Himmel und tauchte im nächsten Augenblick ins Meer seiner Erinnerungen: Wie oft hatte er früher die Wälder durchstreift und sich auf die Ankunft am See oder am Meer gefreut!

Da entdeckte er in etwa zweihundert Meter Entfernung ein hölzernes Ruderboot, hellblau angestrichen, das leicht auf den Wellen schaukelte. Darin saßen ein älterer Mann und ein Junge, der fast noch ein Kind war. Die beiden winkten fröhlich herüber.

Tom drehte sich um. Es war niemand zu sehen. Er war gemeint! Fröhlich winkte er zurück. *Was für ein Empfang! Die Leute hier scheinen freundlich zu sein!*

Bevor er mit dem Gepäck weiterzog, öffnete Tom grinsend die Reisetasche, kramte seine neue Outdoorhose heraus und zog sich um. Wieder stieg ein Gefühl von Entdeckergeist und Lagerfeuer in ihm hoch. *Vielleicht erlebe ich ja doch noch ein richtiges Abenteuer!*

Das Gehen fiel ihm jetzt leichter. Seine Schuhe federten auf dem weichen Boden, der von mehreren Schichten Blättern und Nadeln bedeckt war. Die Sonne leuchtete freundlich durch den Blätterwald. *Was für eine schöne, ursprüngliche Landschaft!* Wieder fiel ihm ein Fisch in den Blick – er war auf dem richtigen Weg.

In dem Augenblick wehte wie aus weiter Ferne ein sonderbares Geräusch zu ihm herüber. Es hörte sich an, als würde der Wind ein geheimnisvolles Lied singen. Tom ging langsam weiter. Nach ein paar Schritten war es wieder still. Er blieb stehen, stellte sein Gepäck ab und lauschte. Wieder hörte er das Geräusch. Er versuchte, das Ohr gleichzeitig in alle Richtungen zu halten. *Ja, da ist es!* Jetzt waren es helle Flötentöne, die geheimnisvoll durch den Wald und über den See hallten. Gerade so, als würden sonderbare Fabelwesen zum Flug über das Wasser einladen. Oder zum Tanz im verzauberten Märchenwald?

Es war wunderschön und äußerst unheimlich zugleich. Tom kam sich für einen Moment vor, als wäre er in einer anderen Welt gestrandet. Er verlor sich in den Tönen und in seinen Träumen.

Dann herrschte wieder Stille. Tom hatte eine Gänsehaut. Er lächelte und spürte gleichzeitig, dass seine Hände zitterten. Aus der Reisetasche holte er sein neues Taschenmesser, streichelte es kurz und steckte es in eine seiner vielen Hosentaschen.

Wieder setzte er seine Wanderung fort. Der Weg wurde immer schmaler und verwunschener. Doch gerade, als er meinte, völlig die Orientierung verloren zu haben, öffnete sich der Pfad zu einer Lichtung. Was er sah, verschlug ihm die Sprache. Er blieb stehen und staunte. Eine alte Fischerhütte aus Holz mit großer Veranda blickte hinunter auf den See, der eine Open-Air-Aufführung mit Tausenden Lichtreflexen bot, golden und rot, weiß und silbern. Kein Foto hätte es so schön abbilden können wie die Wirklichkeit.

Eine Minute lang konnte Tom sich nicht von der Stelle bewegen. Dann fing sein Kopf wieder an zu arbeiten. *Das ist so romantisch! Jetzt kann es nicht mehr weit sein bis zur Ferienanlage. Dort werde ich erst einmal zur Rezeption gehen und einen kühlen Drink bestellen.*

Müde setzte er sich auf die Veranda der Hütte. Von der Bank hatte er einen traumhaften Blick auf den See. Es tat gut. *Eine letzte Pause, bevor ich am Ziel ankomme!*

Er wischte sich die Stirn. *Herrlich!* Dann drehte er sich kurz um und sah interessiert zur Eingangstür. Fast traf ihn der Schlag. Über der Tür prangte ein großes Schild: „Fisherman-Lodge". Tom erstarrte. Er kam sich vor wie im falschen Film. *Das kann nicht wahr sein! Das ist die Ferienanlage? Diese alte Hütte?*

Als er sich wieder gefangen hatte, versuchte er, seine Gedanken zu ordnen. Er fühlte sich irgendwie betrogen. Verärgert holte er sein Smartphone heraus, um Salaske anzurufen. *Zum Glück habe ich die Nummer gespeichert!* Er schüttelte das Gerät. *Mist, kein Netz!*

Mehrmals lief er ziellos hin und her und versuchte, seine Gedanken zu ordnen. Dann fiel ihm der Schlüssel ein, den er in der Agentur bekommen hatte. Doch in seiner Hosentasche war er nicht. Da war nur das Taschenmesser. Er fasste sich mit der Hand an die Stirn. *Ja klar!* In seiner anderen Hose fand er ihn sofort. Und tatsächlich, er passte exakt ins Schloss. Wie in Trance öffnete er die Tür. Innen war es dunkel. Tom suchte den Lichtschalter. Nichts! Er tastete genervt an der Wand entlang. Wieder nichts! *Gibt es denn hier kein Licht?*

Ihm wurde schlagartig bewusst, dass er völlig auf sich allein gestellt war. Schnell öffnete er die Fensterläden, damit von draußen Licht in die Hütte fallen konnte. Die Sonne stand zum Glück noch ein gutes Stück über dem Horizont.

Tom sah sich jetzt im Inneren um. *Es gibt keinen Strom hier,* stellte er fachmännisch fest. Die Fischerhütte bestand hauptsächlich aus einem großen Raum. Die Wände aus dunklem Holz ließen ihn sehr gemütlich wirken.

An der linken Seite befand sich eine Art Küche mit einem gusseisernen Herd, wie zu Großmutters Zeiten. Daneben stand ein Regal mit diversen Töpfen und Tellern. Er fühlte sich wie in einem Museum – als wäre er in eine längst vergangene Zeit gebeamt worden.

An der rechten Seite entdeckte er einen Durchgang, ohne Tür, zu einem zweiten Raum. Tom schaute hinein. Es war ein kleiner Schlafraum. In der Mitte stand ein Bett – frisch bezogen mit weißer Bettwäsche wie in einem feinen Hotel. *Immerhin, ein Zeichen von Zivilisation!* Er strich über den feinen Stoff und dachte an seinen Urlaub in Kanada.

Dann wandte er sich zurück zum Hauptraum. Der Eichentisch in der Mitte gefiel ihm. Darauf standen eine Menge Kerzen.

Plötzlich fiel sein Blick ganz hinten im Raum auf eine schmale, graue Eisentür. Neugierig ging er hinüber und öffnete sie. Eine kleine Treppe führte hinunter in die totale Dunkelheit. Für kurze Zeit war ihm unheimlich zumute. Am Treppenabsatz stand eine Taschenlampe bereit. *Wahnsinn, es gibt doch moderne Technik hier!* Er nahm sie in die Hand und wusste nicht, ob er weinen oder lachen sollte.

Vorsichtig tapste er die steile Treppe hinunter. Dort angekommen, war es angenehm kühl. Zu seiner Überraschung entdeckte er im Schein der Taschenlampe eine Art Speisekammer. Ein kurzer Überblick zeigte ein großes Brot, Hartkäse, Kartoffeln, Zwiebeln, Nudeln, verschiedene Konserven und mehrere Packungen Kaffee. Zu seiner Freude fand er auch einige Flaschen Saft und Bier. *Und Wasser?*

Als er wieder oben war, suchte er in der Küchenecke nach Wasser. *Jetzt wirklich? Es gibt kein fließendes Wasser?* Lange stand er am Herd und grübelte. Da erinnerte er sich an den Zettel mit Informationen, den Salaske ihm noch überreicht hatte. Wieder wühlte er in der Reisetasche. Tatsächlich, in der Hose fand er den Zettel.

Es war schon etwas dunkel geworden, so musste er genau hin-schauen: „Wasser im Brunnen. Gute Trinkqualität. Toilette hinter der Hütte in dem kleinen Anbau."

Tom setzte sich an den Eichentisch und streckte beide Beine weit von sich. Er schloss die Augen und überlegte, sein Gepäck zu schnappen und zurück zum Auto zu laufen. In Gedanken sah er sich schon in der Dunkelheit über Baumwurzeln stolpern. Sein Kopf glühte. Er könnte eine Nacht bleiben und morgen um-kehren. Oder?

Als er die Augen wieder geöffnet hatte, stand sein Entschluss fest: *Wenn ich schon mal da bin, dann bleibe ich auch!* Er dach-te an den traumhaften Blick auf den See. Er würde sich von nichts mehr entmutigen lassen. Lächelnd erinnerte er sich, wie er als Jugendlicher irgendwo draußen im Wald übernachtet hatte, ohne Hütte, ohne frisch bezogenes Bett. Einfach so auf dem Bo-den. Und noch etwas: Er dachte an sein altes Notizbuch und den eigentlichen Grund, weshalb er sich auf diese Reise gemacht hat-te. Es ging schließlich um sein Leben – um alles!

Das Gepäck war schnell ins Haus gebracht. Tom kletterte noch einmal vorsichtig hinunter in die Speisekammer und holte eine erstaunlich kühle Flasche Bier herauf. Dann setzte er sich ausgepowert und müde auf die Veranda und nahm an einem fan-tastischen Schauspiel teil – wie sich die eben noch farbige Welt langsam in ihre schwarze Schwester verwandelte und schließlich jemand das Licht ausmachte.

Jetzt blieb nur noch das Bett mit süßen und bitteren Träumen. Er sperrte Salaske in den Speisekeller ein, kurvte mit dem Ruder-boot über den See und lauschte den unheimlichen, wunderschö-nen Tönen der Wald- und Wassergeister.

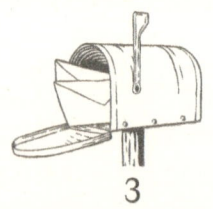

3
NUDELN MIT TOMATENSOSSE
(Der erste Tag)

Nicht nur seine Träume sorgten für eine unruhige Nacht. Das Knacken und Knistern der alten Balken irritierten Tom. Es roch nach Rauch und Wald. Ihm war unheimlich, so allein an diesem seltsamen Ort.

Doch im Halbschlaf träumte er dann noch angenehm von einem gediegenen Landhotel mit einem fantastischen Frühstücksbüfett. Er sah sich in der Sonne liegen mit seinem Notizbuch, in das er kluge und wichtige Erkenntnisse notierte.

Als er vorsichtig die Augen öffnete, war er schlagartig wieder in der Realität angekommen. Die grelle Sonne schien durch die Vorhänge und blendete ihn. *Morgen mache ich die Fensterläden wieder zu!*

Tom schlurfte zerschlagen zur Küche. Wie in Trance sah er sich dort um. *Erst einmal ein starker Kaffee, dann sieht die Welt gleich anders aus!*

Die Suche nach einer Kaffeemaschine blieb natürlich erfolglos. Immerhin fand er eine Kaffeekanne aus Emaille. Er kratzte sich am Kopf, als er etwas verloren vor dem alten Küchenherd stand. *Ich glaube, ich sollte erst einmal Feuer machen.*

Er kratzte sich weiter. Feuerholz war genug da. Neben dem Herd in einer großen Kiste lagerten kleine Holzstückchen und Späne zum Anfeuern. Links und rechts von der Eingangstür war zünftiges Kaminholz gestapelt. Das war ihm gestern schon aufgefallen. Es war offensichtlich perfekt getrocknet. Aber wo kam das Holz hinein? Er betrachtete das alte Museumsstück neugierig und hilflos von allen Seiten. Da erinnerte er sich wieder an das Informationsblatt von Salaske. Es lag noch auf dem großen Tisch. Auf der Rückseite fand er eine Anleitung: „Der Einsatz der Herdplatte besteht aus mehreren Ringen. Diese mit dem Schürhaken (hängt an der Wand) abheben. Dann Holz hineinlegen und anzünden. Wichtig: Luftklappe unten links öffnen."

Mehrmals las er den Text durch. *Alles kein Problem!*, entschied er. Es dauerte trotzdem einige Zeit, bis er das System verstanden hatte, doch schließlich gelang es ihm tatsächlich, ein stabiles Feuer zu machen. *Fehlt nur noch das Wasser. Aber wo ist der Brunnen?*

Wieder musste das Infoblatt herhalten: „Der Brunnen befindet sich an der östlichen Seite hinter der Hütte." Er grinste. *Das ist ja hier das reinste Suchspiel!*

Tom schnappte sich einen großen Topf und machte sich auf den Weg nach draußen. Ein kurzer Trampelpfad führte durch das hohe Gras zu dem runden Brunnen, der vor langer Zeit einmal mit roten Ziegelsteinen sauber aufgemauert worden war. Er hatte eine ebenso runde, hölzerne Abdeckung. Tom hob sie beiseite und blickte hinunter. Tatsächlich, da war Wasser. Und es sah gut aus.

Er blickte sich um und entdeckte gleich neben dem Brunnen einen Eimer. Den ließ er an der Brunnenkette hinunter. Es platschte. *Hurra!* Das war einfacher als gedacht. Für einen Augenblick fühlte er sich wieder wie ein echter Abenteurer und Selbstversorger. Er genehmigte sich gleich einen großen Schluck direkt aus dem Eimer. *Köstlich!* Als er das Wasser hineintrug, fiel sein Blick auf mehrere Rosenstöcke an der Hauswand. Die hellroten Blüten sahen aus, als würden sie ihn fröhlich grüßen.

Es war bereits Mittagszeit, als das Wasser endlich auf dem Herd stand. Jetzt musste er es nur noch zum Kochen bringen. *Das kann dauern! Es geht alles viel zu langsam!*

Tom ging zu der Eisentür hinten im Raum. Er öffnete sie skeptisch, als würde er dort noch eine Überraschung vermuten. Vorsichtig bückte er sich nach der Taschenlampe und stapfte hinunter, um erst einmal den Kaffee zu holen. Er nahm gleich zwei Packungen. Anschließend sah er sich noch weiter um. Als er die Nudeln sah, war sein Entschluss gefasst. *Die Zeit zum Frühstücken habe ich irgendwie verpasst. Jetzt gibt es Nudeln mit Tomatensoße.*

Gegen drei Uhr saß Tom schließlich am Tisch. Es gab warme Nudeln und heißen Kaffee. *Ein paar frische Tomaten und Eier dazu, das wäre perfekt gewesen,* sinnierte er. *Aber das wäre hier in der Einöde sicher zu viel verlangt!*

Jetzt merkte er, was für einen gewaltigen Hunger er hatte. Er aß viel zu schnell, so wie zu Hause, wenn er keine Zeit fürs Essen hatte. Dann goss er sich noch eine Tasse Kaffee ein, nahm sie mit nach draußen und setzte sich auf die Veranda. Zum ersten Mal seit gestern Abend blickte er wieder bewusst auf den See.

Er versuchte, zur Ruhe zu kommen und seine Gedanken zu ordnen. Unzählige Fragen bewegten ihn. *Was wird mich in den nächsten Tagen noch alles erwarten? Wo bin ich hier gelandet? Bin ich völlig verrückt? Ich bin nur am Arbeiten und Schuften und*

Feuermachen, am Suchen und Ausprobieren. Wie soll ich da die offenen Fragen meines Lebens lösen?

Und nicht zum ersten Mal sah er sich in Gedanken am See in der Sonne liegen, um nachzudenken – mit einem kühlen Drink und ein paar leckeren Snacks neben sich.

Tom kratzte sich wieder am Kopf. *Seit wann bin ich so ein Weichei? Das wäre doch gelacht! Ich werde erst einmal die Gegend erkunden. Dann sehen wir weiter!*

Er gab sich einen Ruck, stand auf und spazierte hinunter zum See. Dort zog ihn sofort die kleine Anlegestelle für ein Ruderboot magisch an. Vorsichtig betrat er den Steg mit seinen alten Brettern. Es hielt!

Er stellte fest, dass der See wohl deutlich größer war als gedacht. Die zwei kleinen Inseln, kaum größer als seine Hütte, wirkten gerade so, als hätte ein Riese zwei große Steine ins Wasser geworfen. Hinter mehreren Ecken des Sees, so malte er es sich in seiner Fantasie aus, versteckten sich verschwiegene Buchten. Es gab auf jeden Fall viel zu entdecken in den nächsten Tagen. Er freute sich drauf.

Langsam drehte er sich um und blickte wieder zur Hütte. Rechts führte ein Weg am See entlang. Das wäre dann die Fortsetzung des Wanderpfades, von dem er angenommen hatte, er würde hier enden. *Vielleicht könnte ich in dieser Richtung ebenfalls in das kleine Dorf gelangen? Dann wäre ich einmal um den ganzen See gelaufen.*

Er ging jetzt in aller Ruhe um die Fischerhütte herum. Nicht weit hinter dem Brunnen begann der Wald – drohend und verlockend zugleich.

Tom stellte wieder fest, an was für einem paradiesischen Ort er gestrandet war. Es wäre eine Schande, ihn nicht zu genießen.

Am Abend holte er noch einmal Wasser aus dem Brunnen. *So ganz bin ich noch nicht angekommen,* spürte er. Auf dem Weg zurück ins Haus nickte er den Rosen freundlich zu. Dann nahm er wieder das Infoblatt zur Hand, um über alle Geheimnisse der Fischerhütte informiert zu sein. *Doch die wahren Geheimnisse warten noch auf mich,* vermutete er und beschloss, die Fensterläden geöffnet zu lassen.

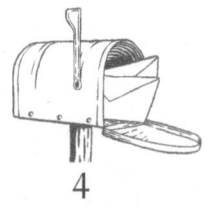

4

DAS LAGERFEUER AM SEE
(Der zweite Tag)

I n dieser Nacht hatte Tom fest und traumlos geschlafen. Als die Sonne in sein Zimmer hereinstrahlte, war er sofort hellwach. Seine Lebensgeister waren wieder quicklebendig. Er freute sich auf einen neuen Tag.

Gleich ging er zur Küche, nahm etwas Kleinholz und entzündete das Herdfeuer, gerade so, als hätte er es schon immer gemacht. Dann entschied er sich, an die frische Luft zu gehen und seine müden Gelenke zu verwöhnen. *Frühsport, wann habe ich das zum letzten Mal gemacht?*

Er lief ein Stück auf dem Wanderweg, den er schon vom Ankunftstag kannte. So ohne Gepäck fühlte er sich leicht und frei, als könnte er fliegen. *So gefällt es mir!*

Als er zurück zur Hütte lief, fiel ihm zum ersten Mal der Briefkasten auf, ein gutes Stück von der Veranda entfernt. Es war ein richtiges kleines Schmuckstück, aus Holz gefertigt und knallig grün angemalt. Neugierig ging er näher. Er hob den Deckel vorsichtig hoch, um hineinzusehen. *Vielleicht finde ich hundert Jahre alte, verblichene Werbung darin,* sagte er lächelnd zu sich.

In dem Kasten befand sich keine Werbung, sondern ein schmucker weißer Brief. Erstaunt nahm er ihn heraus. Darauf stand nur *TOM*, mit schwungvoller, schöner Schrift geschrieben, ohne Nachnamen, ohne Adresse. *Wer weiß denn überhaupt, dass ich hier bin? Das kann nur von Salaske sein. Vielleicht ist es ein Begrüßungsschreiben.*

Er nahm den Brief mit in die Hütte, legte ihn auf den Tisch und entschied sich, ihn nachher bei einem gemütlichen Frühstück zu öffnen. Seine Neugier musste warten, bis der Magen gefüllt war. Das Wasser war inzwischen heiß. Er brühte den Kaffee auf und deckte den Tisch. Es sah verlockend aus – Brot, Käse, Kaffee und kühles Wasser aus dem Brunnen. Feierlich setzte er sich und schnitt eine Scheibe Brot ab. Es roch gut und sah lecker aus.

Plötzlich klopfte es. Tom war irritiert. *Wo kommt das Geräusch her?* Es klopfte noch einmal. Er drehte sich um. *Besuch? Das kann nicht für mich sein. Vielleicht ein Wanderer, der sich verirrt hat?*

Mit klopfendem Herzen ging er zur Tür und öffnete sie vorsichtig ein kleines Stück. Draußen stand eine Frau. Sie hatte strahlende Augen und sah ihn fröhlich an. Etwas altmodisch war sie gekleidet, so als würde sie aus einer anderen Zeit kommen, genau wie seine Unterkunft. Dabei wirkte sie nicht alt, sondern irgendwie zeitlos.

„Herzlich willkommen, Tom! Es ist schön, dass du ein paar Tage hier bist. Ich bin sicher, dass es eine ganz besondere Zeit für dich sein wird."

Er öffnete die Tür ganz und sah sie fragend und ein wenig hilflos an. Ihre Augen strahlten immer noch. Ihre blonden Haare waren voller Locken und so wirr durcheinander, als hätte draußen ein Sturm getobt.

„Ach, Entschuldigung, ich habe mich noch gar nicht vorgestellt. Ich bin Katharina. Ich wohne hier in der Nähe und dachte, dass du dich über einen Gruß freuen würdest."

Tom schluckte. *Na klar, die Agentur! Salaske scheint doch nicht ganz auf Service zu verzichten.* Dann sah er ihr in die Augen und bat sie herein. „Ich habe gerade eine Kanne Kaffee aufgebrüht. Magst du Kaffee?"

Sie nickte heftig, so als hätte er mit seinem Angebot genau ihren Geschmack getroffen. Sie hob den geflochtenen Weidenkorb hoch, der neben ihr auf der Veranda stand, und kam herein, als wäre es die selbstverständlichste Sache der Welt.

„Ich habe dir etwas zu essen mitgebracht." Sie griff in den Korb. „Hier sind Tomaten aus meinem Garten und ein paar Eier frisch aus dem Hühnerstall meiner Nachbarin. Bei euch sagt man dazu *bio*."

Tom schluckte wieder. „Das darf doch nicht wahr sein! Tomaten und Eier! Irgendwie, also, darüber freue ich mich sehr."

Sie packte jetzt auch die anderen Dinge aus und reichte sie ihm. „Hier ist noch mehr Gemüse. Und ein Glas selbstgemachte Marmelade. Die Beeren stammen alle hier aus dem Wald am See."

Tom stellte die Schätze auf den Tisch. Es sah gut aus. „Danke für die leckeren Dinge."

Katharina setzte sich auf den angebotenen Stuhl und strahlte immer noch.

Tom war fasziniert von ihrer Fröhlichkeit und Wärme. „Hast du immer so gute Laune oder nur heute?"

Sie lächelte. „Ich habe immer gute Laune, auch wenn ich schlechte Laune habe."

Er schüttelte lächelnd den Kopf. „Das finde ich toll. Das würde ich mir auch wünschen."

Dann holte er einen zweiten Teller aus dem Küchenregal. „Ich hoffe, du hast noch etwas Zeit mitgebracht, damit ich bei meinem ersten Frühstück hier nicht allein sein muss."

Sie aßen zusammen und redeten über den See und den Wald und die Liebe zum Leben. Tom kam es vor, als wenn mit Katharina ein positiver Geist in die Hütte eingezogen wäre. „Also, Katharina, deine Marmelade schmeckt fantastisch."

Sie sah sich im Raum um. „Du weißt sicherlich, dass hier früher tatsächlich eine Fischerfamilie gewohnt hat?"

Tom schüttelte den Kopf. „Wenn ich ehrlich bin, weiß ich fast gar nichts. Außer meinem Infoblatt hier habe ich keine weiteren Informationen." Er zeigte auf das Blatt neben den Kerzen.

Katharina nahm eine der Kerzen in die Hand. „Die sind wunderschön. Und", sie lachte, „die sind bestimmt auch praktisch in einem Haus ohne Strom."

Dann erblickte sie den Brief. „Ach, du hast auch einen Brief bekommen?"

Das „auch" überhörte er. „Ja, ich habe mich gewundert. Schließlich kennt niemand meine Adresse hier. Ich kenne sie selbst nicht. Vielleicht Tom Sander, Am See 1."

Er nahm den Brief in die Hand und strich mehrmals darüber. Es war dickes Büttenpapier, so wie in alten Zeiten, als das Papier noch von Hand geschöpft wurde. „Was für ein schönes, ungewöhnliches Material!"

Er holte ein scharfes Küchenmesser und öffnete den Briefumschlag vorsichtig. Mit Daumen und Zeigefinger zog er den Inhalt langsam heraus. Es war ein einziger kleiner Bogen in Postkartengröße, ebenso wie der Umschlag handgeschöpft.

Als Tom auf den Brief blickte, wurde er bleich. Katharina fragte besorgt: „Ist alles in Ordnung?"

Er zeigte ihr unsicher den Brief. Darauf stand mit der gleichen schwungvollen Schrift wie auf dem Umschlag:

Was ist dein Abenteuer?
G:

„Da macht sich wohl jemand einen Scherz!" waren die ersten Worte, die er mit leiser, heiserer Stimme herausbrachte.

Katharina nahm den Brief behutsam in die Hand. „Du bist sicher, dass die Botschaft nicht für dich bestimmt ist?"

Er schluckte. „Doch, irgendwie schon", antwortete er leise, „das ist ja das Verrückte! Ich bin schließlich hier, weil ich meine Lebensfreude und Abenteuerlust wiederfinden will. Wer kann das wissen?"

Verschmitzt fragte Katharina: „Kennst du wirklich niemanden, der sich G nennt? Mit einem Doppelpunkt?"

Tom schüttelte hilflos den Kopf. Sie versuchte es noch einmal und blickte kurz sehnsuchtsvoll nach oben. „Könnte es vielleicht …?"

Tom stand abrupt auf. „Nein, nein, fang jetzt nicht mit wilden Spekulationen an. Wir sind schließlich moderne Menschen. Gott schreibt ganz bestimmt keine Briefe." Dabei sah er sie kurz von der Seite an.

Katharina nahm die Briefkarte und hielt sie prüfend gegen das Licht, das durch das Fenster fiel. „Ein interessantes Wasserzeichen – ein Fisch. Das passt ja gut zu der Fischerhütte hier."

„Das muss ich erst einmal in aller Ruhe verdauen", sagte Tom und setzte sich wieder. „Das überfordert mich irgendwie."

Katharina blickte ihn lächelnd an und zwinkerte ihm aufmunternd zu. Dann stand sie auf und nahm ihren Korb. „Ich werde jetzt mal gehen und lasse dich mit deiner Botschaft allein. Wenn du willst, schaue ich ab und zu bei dir vorbei. Und wenn du etwas brauchst, sag mir Bescheid. Ich bringe es gern mit."

Als sie gegangen war, saß Tom immer noch auf seinem Platz. Er hatte seinen Besuch nicht einmal zur Tür gebracht. Er starrte nur immer wieder auf die Worte.

Erst jetzt merkte er, dass er wieder allein in der Hütte war. Er lächelte. Das Strahlen und die Lebensfreude von Katharina waren trotz seiner verworrenen Gedanken noch immer im Raum.

Am Nachmittag hielt Tom es nicht mehr aus, in der Hütte zu sitzen und zu grübeln. Er entschloss sich, eine Wanderung zu machen. So richtig zum Schwitzen bringen wollte er sich. Und an etwas anderes denken.

Doch auch unterwegs dachte er immer wieder an die Worte in dem Brief: *Was ist dein Abenteuer?* Und an den Absender mit dem Doppelpunkt. Er lächelte bitter. *Was ist mein Abenteuer? Keine Ahnung! Mein Problem ist, dass ich keins mehr habe.*

Er dachte an seine derzeitige Situation: Er war in einer alten Fischerhütte gelandet, hatte seltsame, unheimliche Geräusche gehört, Besuch von einer Frau bekommen, die ihm wie gewünscht Tomaten und Eier mitbrachte, und dann noch Post von G: erhalten. Und dabei hatte sein Aufenthalt hier doch gerade erst begonnen. Er seufzte. Seine Gedanken drehten sich mal wieder im Kreis.

Inzwischen war er auf seiner Wanderung tief im Wald angekommen. Er hatte die Orientierung verloren. Nirgends war eine Plakette zu sehen, die in eine Richtung wies. Einer der Wege, so stellte er fest, führte einen Berg hinauf. Ein kleiner, hölzerner Wegweiser trug die Aufschrift: „Zum Aussichtsturm". Tom blieb stehen. *Vielleicht wartet dort das Abenteuer? In den nächsten*

Tagen werde ich den Weg weitergehen. Das müsste einen guten Blick über die ganze Gegend und den See geben.

Als er von seiner Wanderung zurückkam, entdeckte er ungefähr 30 Meter neben dem Bootssteg eine perfekt angelegte Feuerstelle. Sie war von gleichmäßig großen Steinen eingerahmt. Drum herum luden kurze, bearbeitete Holzstämme zum Sitzen ums Lagerfeuer ein. Nach den Ascheresten zu urteilen, war der Platz in den letzten Tagen oder Wochen benutzt worden. Tom setzte sich auf einen der Stämme und begann zu träumen. Er fragte sich, wie viele Feuer hier im Laufe der Jahre wohl schon gebrannt hatten. Er stellte sich vor, dass unzählige Menschen hier geträumt und geweint, gelacht und gehofft, erzählt und geschwiegen hatten. *Ob der Fischer und seine Familie auch hier gesessen und in die Flammen geschaut haben?*

Plötzlich schoss ihm eine Idee in den Kopf. Er grinste wie ein Lausbub. *Das könnte ich doch auch machen. Ein Lagerfeuer am See. Gleich heute!* Mit neuem Schwung ging er zurück zur Hütte.

Aufgekratzt setzte er sich an den Tisch. Dort standen noch die Reste des Frühstücks. Nach der Wanderung hatte er wieder großen Hunger. Dabei grinste er und dachte an sein Lagerfeuer.

Bereits eine Stunde vor Einbruch der Dunkelheit schleppte er einen großen Korb mit Holz zur Feuerstelle. Der Metalleimer, der neben der Feuerstelle stand, war ihm nicht groß genug für den Holztransport. Er freute sich auf einen zünftigen, romantischen Abend am See.

Es dauerte nicht lange, da brannte das Feuer. Zuerst war noch die untergehende Sonne der hellste Punkt, dann wurde sie von den Flammen und der Glut abgelöst.

Tom starrte versunken ins Feuer. Er liebte die Flammen und die tanzenden Schatten. Ein wenig fühlte er sich wieder wie damals. Da hatten sich die Freunde abends am Feuer aufgewärmt, wilde Lieder gesungen und das erste Bier ihres Lebens getrunken. Ihm war, als würde er in eine andere Zeit eintauchen.

Er hatte sein neues Taschenmesser dabei. Stolz klappte er es auf und prüfte die Klinge. *Aua, ganz schön scharf!* Auf seinen Knien lag ein dicker Haselnusszweig, den er von seiner Wanderung mitgebracht hatte. Darein schnitzte er jetzt einfache Einkerbungen, um sich mit dem Messer vertraut zu machen. Fast wurde er ein wenig wehmütig. Früher hatte er oft kleine Tierchen und Figuren geschnitzt.

Plötzlich knackte es im Gebüsch. Erschrocken blickte er in die Richtung. War das ein Tier? Ein Schatten näherte sich. Als der näher kam, erkannte Tom, dass es ein Mensch war, ein Junge von höchstens zwölf Jahren.

Der Junge setzte sich ein Stück von Tom entfernt auf denselben Baumstamm, so als wäre es die selbstverständlichste Sache der Welt. Tom klappte das Messer zusammen und legte es neben sich.

„Du bist vorgestern angekommen, stimmt's?", sagte der Junge mit einer klaren, hellen Stimme. Er blickte Tom ohne jedes Zeichen von Verlegenheit an.

„Ja, das stimmt", stotterte Tom verdutzt. „Woher weißt du das?"

„Wir haben dich beobachtet, vom See aus. Wir haben dir auch zugewinkt. Es war so lustig, wie du mit deinem Gepäck den Weg entlanggestolpert bist."

Tom versuchte zu lächeln. „Wie heißt du überhaupt?"

Der Junge sah ihn an. „Finn, ich mag Feuer. Bist du hier ganz allein?"

„Ja, ich bin hier für ein paar Tage ganz allein. Mal eine Pause machen. Bist du auch allein?"

„Nein, ich bin mit Olaf unterwegs. Der hat noch drüben am Boot zu tun."

Tom fand es inzwischen ganz angenehm, nicht allein am Feuer zu sitzen. „Was tust du so den ganzen Tag, Finn?"

Finn gluckste. „Ich gehe zur Schule. Ist doch klar! Aber das ist eigentlich totale Zeitverschwendung. Olaf sagt immer, das Wichtigste lernst du vom Leben."

Tom drehte sich jetzt langsam zu ihm. „Was ist denn so viel wichtiger als Schule?"

Finn gluckste wieder. „Alles ist wichtiger. Aber besonders wichtig ist der See. Ich bin oft mit Olaf unterwegs. Wir angeln und beobachten Vögel und verscheuchen die Fischreiher. Aber die kommen immer wieder."

Tom hörte die ganze Zeit aufmerksam zu. „Das muss ja ein tolles Leben sein!"

„Ist es auch. Ich bin übrigens gerade dabei, ein Haus zu bauen. Das lernst du nicht in der Schule."

„Nee, echt jetzt?"

Finn gluckste wieder. „Na ja, es ist ein Baumhaus. Olaf hilft mir dabei."

Toms Augen leuchteten. „Ich hatte auch mal ein Baumhaus. Im Garten meiner Großeltern. Ab und zu durfte ich sogar darin übernachten."

Finn war plötzlich ganz aufgeregt. „Irgendwann will ich auch eine Nacht darin schlafen. Das darf nur meine Mutter nicht wissen."

Tom wunderte sich über die sonderbaren Verhältnisse, in denen Finn zu leben schien. „Du willst das heimlich machen?"

Finn gluckste schon wieder. „Du musst das verstehen. Meine Mutter verbietet mir Sachen, die ich trotzdem mache. In Wirklichkeit weiß sie das sowieso und ist unheimlich stolz auf mich. Aber ich darf nicht wissen, dass sie das weiß."

In dem Augenblick näherte sich jemand aus der Richtung des Bootsanlegers. Der späte Besucher sagte mit tiefer, warmer Stimme: „Guten Abend, das sieht ja einladend bei euch aus. Darf ich mich dazusetzen? Ich bin Olaf."

„Willkommen! Ich heiße Tom und wohne gerade …"

„Du wohnst in der fantastischen, einmaligen Fischerhütte an unserem tollen See."

Tom blickte kurz zu Finn und Olaf. „Ihr beiden scheint euch ja schon lange zu kennen. Ihr seid gute Freunde, nehme ich an."

Finn gluckste. Olaf sagte feierlich: „Ja, wir sind sehr gute Freunde, wir beide. Wir sind viel zusammen unterwegs. Außerdem ist dieser junge Mann mein Enkelsohn."

Tom sah erstaunt zu Finn. „Du sagst Olaf zu deinem Opa? Das ist ja ziemlich ungewöhnlich, oder?"

„Ist aber so", antwortete Finn stolz.

Olaf lachte. „Ja, so ist er. Vor ein paar Jahren fing er plötzlich an, mich Olaf zu nennen. Da habe ich gesagt: ‚Du bist der Einzige, der Opa zu mir sagen darf. Das ist doch etwas Besonderes.' Und da hat er geantwortet: ‚Ich bin der Einzige, der zu seinem Opa Olaf sagt.' Da musste ich mich geschlagen geben."

Olaf stand noch einmal auf und nahm den Metalleimer in die Hand. „Bin gleich wieder da." Eine Minute später war er zurück mit dem Eimer voll Wasser. „Jetzt ist mir wohler", lachte er.

Für kurze Zeit kehrte am Lagerfeuer Stille ein. Es war nur das Knistern und Knastern des Feuers zu hören. Die drei Männer schienen ihren Gedanken nachzuhängen.

Dann fragte Olaf: „Sag mal, Tom, wie geht es dir hier in der Hütte? Hast du dich schon eingelebt oder fremdelst du noch?"

Tom fuhr aus seinen Träumen auf. „Na ja, es ist schon alles sehr einfach und spartanisch hier. Das bin ich gar nicht mehr gewohnt. Kein Strom, kein fließendes Wasser. Aber irgendwie tut es auch gut, einmal alles andere hinter mir zu lassen. Ich hoffe, dass ich die Zeit hier gut nutze."

In dem Augenblick fiel der Blick von Finn auf das Taschenmesser. „Oh, toll, darf ich mal?"

Tom blickte fragend zu Olaf. Der nickte.

Finn nahm das Messer fast zärtlich in die Hand, drehte es mehrmals und schaute es genau an. Dann öffnete er es fachgerecht. „Wahnsinn! Eines Tages habe ich auch so ein Messer, bestimmt!"

Er gab es feierlich zurück. Tom musste schlucken. „Ich finde es schön, Olaf, dass ihr euch so gut versteht und so viel miteinander unternehmt."

Olaf nickte. „Wir sind schon ein tolles Gespann. Ich weiß oft nicht, wer von uns beiden der Verrücktere ist. Wir sind echte Träumer und Abenteurer." Finn gluckste.

Olaf erhob sich. „Es war schön, dich kennenzulernen und mit dir am Feuer zu sitzen. Ich hoffe, wir sehen uns bald wieder. Aber jetzt ist es stockdunkel. Zeit, nach Hause zu kommen."

Sie gingen in die Dunkelheit Richtung Bootsanleger. Nur die Sterne leuchteten am Himmel. „Wollt ihr etwa noch über den See fahren?", fragte Tom erschrocken. „Ihr findet doch nie nach Hause."

Er wusste nicht, ob sie seine Worte noch verstanden hatten. Bald hörte er nur noch das Plätschern der Ruder auf dem Wasser.

Noch lange blieb er am Feuer sitzen und sah zu, wie die Flammen langsam kleiner wurden. Erst jetzt wurde ihm bewusst, wie sehr er das all die Jahre vermisst hatte. Als er schließlich wieder zur Hütte ging, blickte er zu den Sternen und hielt nach einer Sternschnuppe Ausschau. *Wenn ich jetzt einen Wunsch frei hätte, dann nur einen: dass ich wieder träumen kann.*

5

DAS SPRECHENDE HOLZ
(Der dritte Tag)

Die erste Morgensonne blinzelte freundlich zum Fenster herein. Tom war eben erwacht und hatte blendend gute Laune. Er sprang aus dem Bett und blickte erwartungsvoll hinaus. Draußen funkelten tausend feinste Wassertröpfchen, die sich auf Gras und Pflanzen gelegt hatten. Er lief aus der Hütte ans Wasser und streckte übermütig seine Arme in die Höhe. *Was für ein Morgen!*

Noch vor wenigen Stunden hatte er hier am Feuerplatz gesessen und versonnen in die Glut geblickt. Um ihn herum war es stockdunkel gewesen. Jetzt sah die Welt wieder völlig verändert aus. Sie hatte ihre Farbe zurückerhalten. *Was für ein unglaublicher Wechsel!*

Schnell lief er zurück in die Hütte und entzündete ein Feuer im Herd. Er staunte über seine gute Laune, seinen Tatendrang und freute sich auf ein zünftiges, sättigendes Frühstück.

Es dauerte nicht lange, da war das Frühstück zubereitet, einschließlich eines gekochten Eies und einer Kanne Kaffee. Tom blickte zum Tisch und überlegte kurz. Dann grinste er, holte das große Küchenbrett aus Holz hervor und stellte die Köstlichkeiten darauf. Anschließend balancierte er alles nach draußen und brachte es zum Bootssteg. Dort machte er es sich gemütlich, so, dass seine Beine über dem Wasser baumelten. *Wirklich traumhaft, hier zu frühstücken!* Er goss sich Kaffee ein und trank sofort einen großen Schluck.

Die Sonne stand inzwischen deutlich höher am Himmel, der Tau war verschwunden. Wieder erwartete Tom ein wunderschöner Spätsommertag. *Wie im Urlaub!*, dachte er – bevor er fast seinen Bissen verschluckte und über sich selbst lachen musste.

Als er alles wieder ins Haus gebracht hatte, schnappte er sich sein neues Notizbuch und machte sich noch einmal auf den Weg zum Bootssteg. Dabei schlug er einen Bogen und ging Richtung Briefkasten, der ihm grün entgegenleuchtete. Er wusste selbst nicht, was er dort erwartete und was ihn magisch anzog. Unsicher hob er den Deckel. *Ob noch ein Brief für mich gekommen ist?* Doch der Kasten war leer. *Hatte ich mir gedacht!*, versteckte er seine Ratlosigkeit.

Wieder setzte er sich an den Rand des Anlegers. Er liebte diesen Ort. Zaghaft zog er seine Schuhe aus und ließ die Füße herunterbaumeln. Jetzt tauchten sie sogar ein Stück ins Wasser ein. *Oh, ist das kalt!* Er zuckte kurz zurück, versuchte es noch ein paarmal – bis er sich an die Temperatur gewöhnt hatte. Früher wäre er spontan hineingesprungen, das ließ er jetzt lieber sein und dachte wehmütig an den geheizten Hotelpool in seinem letzten Urlaub.

Er öffnete das Notizbuch und überlegte noch einmal, wie er sein derzeitiges Leben beschreiben könnte. Plötzlich fing er an, lauter Fragen aufzuschreiben. *Wie in dem Brief*, stellte er überrascht fest.

Warum bin ich so oft unzufrieden?
Warum ärgere ich mich über so vieles?

Warum gibt es so wenig, worüber ich mich freue?
Warum muss es immer mehr sein?
Warum ist in meinem Leben ein Tag wie der andere?

Noch einmal schaute er sich an, was er ins Buch geschrieben hatte. *Nichts als Fragen in meinem Leben!* Er stand langsam auf. *Ich hoffe, ich finde hier ein paar Antworten.*

Auf dem Weg zurück zur Hütte machte er einen kleinen Umweg am Wasser entlang. Nachdenklich blickte er auf die Feuerstelle. *Nichts als Fragen in meinem Leben!*

Zum Mittag bereitete er eine Kartoffel-Gemüsepfanne zu, mit den Zwiebeln und Kartoffeln aus dem Speisekeller und dem Gemüse von Katharina. Er hatte sich so darauf gefreut. Doch jetzt stocherte er gedankenverloren in seiner Mahlzeit herum. Immer wieder dachte er an seine Fragen – und an die eine Frage von wem auch immer: *Was ist dein Abenteuer?*

Danach wusch er das Geschirr ab und brachte etwas Ordnung in seinen Haushalt. Das elementare Leben hier tat ihm gut, fand er. Wenn es ihn nur nicht von seinen ungelösten, drängenden Fragen abhalten würde!

Es war wieder Zeit für einen ausgedehnten Spaziergang. Tom ging am See entlang in die Richtung, in der er gestern die untergehende Sonne bestaunt hatte. Nach einer Viertelstunde zog es ihn in den Wald, so, als würde ihn dort ein Geheimnis erwarten. Trotz des Sommerwetters roch es nach feuchten Blättern. *Und nach Pilzen,* redete er sich ein. Pilze sammeln, das erinnerte ihn an die Kindheit, als er mit seinem Vater auf der Suche nach Steinpilzen und Pfifferlingen stundenlang durch die heimatlichen Wälder gepirscht war. Schon damals liebte er die Natur – je wilder, umso besser.

Plötzlich blieb er wie versteinert stehen und lauschte in die Ferne. Wie bei seiner Ankunft hörte er sphärische Klänge, die aus einer anderen Welt zu kommen schienen. Er stand still da, lauschte fasziniert und vergaß die Zeit und mit ihr auch all seine Fragen.

War es eine Minute, war es eine Stunde – er wusste es nicht. Er kam erst wieder in die Gegenwart zurück, als die geheimnisvollen Töne längst verstummt waren. *Wo bin ich hier nur gelandet?*, fragte er sich wieder und sah sich ungläubig um.

Es zog ihn weiter hinein in den Wald. Den offiziellen Weg hatte er längst verlassen. Er stolperte über Baumstümpfe und heruntergefallene Äste und Zweige.

Da entdeckte er in der Ferne eine Gestalt, die sich langsam auf ihn zubewegte. Als sie näher kam, erkannte er eine junge Frau in einem blauen Kleid. Sie hatte kurze, dunkle Haare und große Ohrringe. In einer Hand trug sie eine große Tasche aus Jute oder Leinen.

„Na, hast du dich in der Wildnis verlaufen?", fragte sie ihn.

Tom bekam erst einmal keinen Ton heraus. *Was für eine ungewöhnliche Frau!*

„Träumst du? Was suchst du überhaupt hier im Wald? Und wer bist du?"

Er hatte sich wieder gefangen. „Ich bin Tom. Ich wohne ein paar Tage in der Fischerhütte."

Sie lächelte wissend. „Ach, du bist gerade auf Selbstsuche. Dann mal viel Erfolg!" Sie sah ihn herausfordernd an, als wäre sie mit seiner kurzen Vorstellung nicht zufrieden. „Ich bin Christina."

Tom drehte jetzt den Spieß um. „Was machst du denn hier im Wald?"

Sie zeigte ihre Tasche. „Ich sammle Holz. Ich bin hier zu Hause."

40

Er deutete unsicher ein Lächeln an. „Hier im Wald?"

Sie stellte die Tasche ab. „Du kommst aus der Stadt, das merkt man. Hier im Wald ist mein Revier." Sie breitete die Arme aus und drehte sich. „Aber ich wohne in einem richtigen Haus."

Jetzt musste Tom lachen. Dann sagte er stolz: „Ja, ich komme aus der Stadt, aber ich liebe die Wildnis."

Sie grinste. „Man sieht's an der Hose. Und bevor du meinst, ich suche hier Feuerholz, erkläre ich es dir. Ich sammle Holz, das zu mir spricht und eine Geschichte zu erzählen hat."

So richtig konnte er sich darunter nichts vorstellen. „Interessant, das ist sehr interessant!"

Sie überhörte seine Reaktion und fragte: „Magst du Pilze?"

Gleich leuchteten seine Augen. „Oh ja, ich liebe Pilze!"

Sie musterte ihn von oben bis unten. „Es gibt hier eine Ecke mit ganz vielen Pfifferlingen."

Neugierig fragte er nach: „Verrätst du mir, wo ich die finde?"

Sie grinste wieder. „Träum mal schön weiter. Die Stelle musst du schon selbst finden."

Sie nahm die Tasche wieder in die Hand. Tom fragte schnell nach: „Wo bist du zu Hause?"

„Ich wohne ein paar Dörfer weiter. Da arbeite ich in der Töpferstube, im Winter mehr, im Sommer weniger."

Schon drehte sie sich um und zog mit leichten Schritten weiter. Dann rief sie noch: „Im Sommer schlafe ich ab und zu im alten Bootsschuppen am See."

Nach kurzer Zeit war sie aus seinem Blickfeld verschwunden. *Sonderbare Frau,* sagte er leise zu sich. *Sie scheint ein abenteuerliches Leben zu führen.* Lächelnd schüttelte er den Kopf.

Als er abends wieder in seiner Hütte war, musste er immer noch an Christina denken.

6
DER MAGISCHE BRIEFKASTEN
(Der vierte Tag)

Am nächsten Morgen erwachte er mit dem Bild von Christina vor seinen Augen. Ihm war, als hätte sie etwas in ihm geweckt, das lange Zeit verschüttet gewesen war.

Er stand auf und stieg gedankenversunken hinunter in die Speisekammer. Das Brot ging zur Neige. Auch sonst könnte er langsam Nachschub brauchen. Er nahm sich vor, am nächsten Tag den kleinen Laden im Dorf zu besuchen.

Heute, so entschied Tom, würde er sein Frühstück in der Hütte essen. Ihm war gerade nicht nach Bootsanleger und Füße baumeln lassen. Als der Tisch gedeckt war, legte er die Karte daneben. *Vielleicht ist sie ja doch hilfreich für mich!*

Während er sein Frühstücksei pellte, schielte er mehrmals auf die Frage: *Was ist dein Abenteuer?* Plötzlich hörte er draußen leises Klappern. *Ob mich jemand besuchen will? Vielleicht Katharina?*

Er ging erwartungsvoll zur Tür und öffnete sie weit. Doch da stand niemand. War es nur das Knacken der Balken? Er trat auf die Veranda und blickte unsicher in alle Richtungen. Niemand war zu sehen. Da fiel sein Blick auf den Briefkasten. *Nein, jetzt nicht! Der ist garantiert leer. Und nachsehen kann ich auch später.*

Er entschied sich, sofort zum Frühstückstisch zurückzukehren – und ging in die andere Richtung. Irgendwie zog ihn dieser verrückte grüne Briefkasten an. *Also gut, wenn ich schon da bin, schau ich mal rein. Dann hat die liebe Seele endlich Ruh!*

Mit zitternden Fingern hob er den Deckel und beugte sich vor, um in den Kasten hineinzuschauen. Sofort ließ er die Klappe wieder fallen. *Nein, ich glaub es nicht! Ich will es nicht!*

Dann tat er es doch. Wie in Trance griff er in den Briefkasten. Auf dem Weg zurück zitterten nicht nur seine Finger. Unbeholfen hielt er den Brief in der Hand. Er stolperte auf der einzigen Stufe zur Veranda und wäre fast gegen die Tür gelaufen. *Jetzt ganz ruhig bleiben!* Er legte den Brief auf den Tisch neben die Karte und setzte sich. *Ich werde erst einmal in aller Ruhe frühstücken. Nur keine Panik!*

Während er viel zu schnell sein Frühstücksei aß, fiel sein Blick immer wieder auf den Brief. Er sah genauso aus wie der erste, aus feinem weißem Büttenpapier. Darauf stand genauso schwungvoll *TOM*.

Schließlich hielt er es nicht mehr aus. Er holte wieder das kleine scharfe Küchenmesser aus dem Regal und öffnete betont vorsichtig den Brief, als müsste er aufpassen, das Innere nicht zu verletzen. Mit spitzen Fingern zog er langsam den Inhalt heraus. Wieder war es eine Karte aus dem gleichen altertümlichen Material, das er schon kannte. Und wieder erwartete ihn eine Frage:

Wohin führt dich deine Sehnsucht?
G:

Lange blickte er auf die Schrift, als könnte die ihm etwas über den geheimnisvollen Absender verraten. Dann legte er die Karte neben die erste. *Jetzt habe ich schon zwei davon.* Mehr fiel ihm erst einmal nicht ein. *Zwei Fragen und keine einzige Antwort.*

Den Rest des Frühstücks ließ er stehen. Er legte sich rücklings auf das Bett und blickte mit leeren Augen nach oben. Der große, runde Deckenbalken schwebte dunkel und drohend über ihm.

Was ist denn meine Sehnsucht? Er schluckte. *Wie soll ich wissen, wohin sie mich führt, wenn ich sie nicht kenne?* Er schloss die Augen, atmete tief durch und fühlte sich ertappt und verletzt und alleingelassen.

Tom erwachte mit dem Gesicht auf dem Kopfkissen. Ein Blick auf die Uhr verriet, dass er hier über eine Stunde gelegen hatte. Er spürte das dringende Bedürfnis, an die frische Luft zu kommen und sich zu bewegen. *Der Aussichtsturm, ich wandere zum Aussichtsturm!*

Das Gehen tat ihm gut. Endlich konnte er wieder klar denken. Und ihm wurde schnell deutlich, dass es zwei unterschiedliche Antworten auf den Brief gab. Die erste hatte er gerade versucht – sich im Bett verkriechen wie ein kleines Kind.

Ich nehme die Herausforderung an, sagte er mutig und vielleicht auch etwas großspurig. *Dafür bin ich schließlich an diesen seltsamen Ort gekommen!*

Natürlich hatte er sich bald wieder verlaufen. Manchmal kam ihm eine Abzweigung bekannt vor, aber die nächste sah wieder ähnlich aus und doch völlig anders. Er lief einfach weiter, immer auf der Suche nach der nächsten Steigung. *Wer auf den Berg will, muss nach oben.* Dann sah er wieder einen verwitterten Wegweiser: „Zum Aussichtsturm".

Es dauerte nicht mehr lange, da war er oben angekommen. Der Turm war aus Holz gebaut wie eigentlich alles hier in der

Gegend. An der Treppe stand einladend: „Betreten auf eigene Gefahr!" Tom pustete laut hörbar die Luft aus, so als würde er dadurch Gewicht verlieren und den gefährlichen Aufstieg gefahrlos meistern können. Die Stufen und der Turm erwiesen sich als ausgesprochen stabil.

Oben angekommen wurde ihm fast schwindlig – nicht wegen der Höhe, sondern wegen des fantastischen Panoramas, das sich ihm bot. Zwischen den verschiedenen Grün- und einzelnen Brauntönen glänzte und leuchtete sein See in einem satten Blau.

Wo ist meine Sehnsucht?, fragte er wieder. Er sah in die Ferne, dorthin, wo seine kleinen Sorgen und Gedanken aus den Niederungen des Alltags keinen Platz mehr hatten.

Vielleicht habe ich bisher viel zu klein gedacht. Er hob die Arme, als wollte er fliegen. *Vielleicht ist meine Sehnsucht dort hinter der Sehnsucht versteckt,* philosophierte er. *Da, wo ich frei und leicht bin.*

Frei und leicht fühlte er sich auch, als er wieder vom Turm hinabstieg und jeweils zwei Stufen auf einmal nahm. Wie in Trance machte er sich auf den Heimweg. Er hatte das Gefühl zurückzufliegen oder zu schweben. Als er wieder am See und seiner Hütte angekommen war, setzte er sich zufrieden auf die Veranda, mit einem kühlen Bier und einem breiten Lächeln.

Er wusste selbst nicht, wie lange er dort gesessen hatte. Plötzlich hörte er jemanden laut rufen. Erstaunt sah er sich um und entdeckte Olaf, der unten am See stand und fröhlich winkte.

Tom stand schnell auf und lief ihm entgegen. „Schön, dich zu sehen!"

„Ich freue mich, dass du da bist", antwortete Olaf. „Ich hatte mir vorgenommen, dich heute zu besuchen. Wie sieht's aus, hast du Zeit und Lust für einen Spaziergang?"

„Na klar habe ich Zeit – und Lust sowieso!"

Olaf zeigte nach Osten. „Lass uns da entlanggehen. Ich möchte dir gern etwas erzählen. Aber zuerst – es scheint dir richtig gut zu gehen. Du machst so einen zufriedenen Eindruck."

Tom lachte. „So, sieht man das? Ich glaube, ich habe den Durchbruch geschafft. Sozusagen die Lösung für alles."

Olaf sah ihn wohlwollend an. „Da bin ich aber gespannt. Du wirst es mir nachher sicherlich erzählen."

Tom nickte.

Olaf bahnte sich vorsichtig den Pfad, weil ein dorniger Brombeerzweig herunterhing. „Achtung! Das ist ein bisschen Urwald hier. Ich liebe es."

Tom folgte ihm, bis sie zu einem Weg kamen, auf dem sie nebeneinander gehen konnten. Schweigend gingen sie weiter wie zwei gute Freunde, die sich viel Zeit füreinander nehmen.

Dann begann Olaf mit seiner warmen, tiefen Stimme zu erzählen: „Die Fischerhütte ist für mich ein ganz besonderer, fast magischer Ort. Ich bin darin geboren worden und habe als Kind mit meiner Familie dort gelebt. Das war eine herrliche Zeit direkt am See und mitten in der Natur. Mein Vater war hier der Fischer und ich durfte oft mit ihm aufs Wasser hinausfahren. Bei ihm habe ich die Liebe zum Fischen und zur Freiheit gelernt. Hier habe ich meine Wurzeln." Er zeigte auf das Wasser, das durch die Bäume und Büsche schimmerte. „Das Licht ist jeden Tag anders. Ein Traum!"

Tom nickte.

„Irgendwann war die Hütte zu klein für uns. Wir zogen in ein modernes Haus aus Stein drüben im Nachbardorf. Der See blieb jedoch mein Lebensmittelpunkt. Später wurde ich selbst Fischer hier, der einzige weit und breit.

Eines Tages kam der Schock: Mir wurde die Entscheidung des Landkreises mitgeteilt, die ganze Gegend unter Naturschutz zu stellen. ‚Sie können privat gern auf dem See fahren und angeln. Mehr geht leider nicht.‘ Ich war wie vor den Kopf gestoßen. Was sollte ich tun? Meinen Beruf als Fischer an den Nagel hängen?“

Tom sah ihn voller Mitgefühl an. „Das war ja ein Hammer!“

Olaf lächelte und seine Augen blitzten. „Es waren schwere Tage für mich. Aber die habe ich wohl gebraucht. Damals wurde mir, ich weiß nicht mehr von wem, das Angebot gemacht, für ein paar Tage in der ehemaligen Fischerhütte zu wohnen. So eine Auszeit wie du heute!“

Er blieb stehen. „Jetzt verrate ich dir etwas, das ich noch keinem anderen Menschen erzählt habe. In den ersten Tagen meiner Auszeit habe ich die Hütte fast gar nicht verlassen. Ich war in Gedanken auf der Suche nach einem neuen Beruf, ohne den geringsten Plan, und gab mich dabei selbst auf. Einmal bin ich einen ganzen Tag lang im Bett geblieben und habe mir selbst leidgetan. Ich war völlig am Boden.

Als ich eines Tages vorsichtig die Tür öffnete, fiel mein Blick auf den alten Briefkasten, dessen Farbe völlig abgeblättert war. Er zog mich wie magisch an. Ich ging hin und schaute hinein.“ Er atmete tief ein und aus. „Da lag ein Brief an *OLAF,* den ich sofort öffnete und ein gelbes kreisrundes Blatt Papier herauszog. Darauf stand in schöner, schwungvoller Handschrift: *Wovon bist du begeistert?*“

Toms Augen waren weit aufgerissen. „Und darunter stand als Absender das Wort: G Doppelpunkt?“

Olaf sah ihn fragend an. „Nein, es stand kein Absender dabei. Obwohl – manchmal denke ich, dass es einfach ein wunderbarer

Traum war. Oder dass die Botschaft für mich vom Himmel gefallen ist. Aber das kann ja nicht sein, oder?"

Tom war immer noch völlig aufgeregt. „Hast du damals eine Antwort auf die Frage gefunden, was dich begeistert?"

Olaf nickte. „Ich bin so froh, dass ich dieser Frage nachgegangen bin. Das ist der Schlüssel für mein ganzes Leben geworden. Nach meiner Auszeit habe ich die Landrätin besucht und ihr gesagt, dass der See und die ganze Natur mein Leben sind, meine Begeisterung und irgendwie auch meine Berufung. Niemand würde sich so gut in jedem Winkel des Naturschutzgebietes auskennen wie ich, machte ich ihr deutlich." Er machte eine kurze Pause und wischte sich die Stirn. „Sie hat nur gesagt, dass sie darüber nachdenken würde."

„Mehr nicht?", fragte Tom enttäuscht.

Olaf strahlte jetzt über das ganze Gesicht. „Einige Tage später bekam ich einen Brief vom Landratsamt. Darin wurde mir die neue Stelle eines Rangers und Naturhüters angeboten. Und so kam es. Ich sagte zu und habe es niemals bereut."

„Was für eine tolle Wendung!", sagte Tom mit belegter Stimme. Dann grübelte er kurz. „Gab es damals noch einen zweiten Briefkasten? Ich kenne nur den grünen."

Olaf lachte. „Den magischen Briefkasten habe ich danach knallgrün angemalt. Und immer, wenn die Farbe nachlässt, streiche ich ihn über."

Tom lächelte nachdenklich. „Dann erinnert dich der Briefkasten an den Brief, der so entscheidend für dein Leben geworden ist."

„So ist es", antwortete Olaf. „Und noch etwas anderes tat ich. In den Deckenbalken über dem Bett der Hütte ritzte ich einen Kreis ein, für die Sonne und das gelbe Blatt im Briefkasten. Und für das O von Olaf."

Er zeigte an, dass es Zeit zum Umkehren wäre. „So, und jetzt erzähl du von deinem großen Durchbruch. Was hast du für dich herausgefunden?"

Tom war gar nicht mehr so euphorisch über seine Erkenntnis. „Ja, also, ich stand heute auf dem Aussichtsturm und dachte über meine Sehnsucht nach. Dann sah ich den See und die ganze Welt vor mir und dachte, ich müsse nur meinen Alltag vergessen und das große Ganze im Blick haben."

Olaf sah ihn verständnisvoll an. „Du suchst das große Ganze?" Dann überlegte er kurz. „Willst du meine Meinung dazu hören?"

Tom nickte.

„Ich glaube, dass es im Leben nicht um das große Ganze geht, sondern um das Kleine, um dein alltägliches Leben. Wenn du den Himmel spüren willst, dann such ihn nicht über den Wolken, sondern hier unten auf der Erde." Er machte eine Pause. „Kann es sein, dass du vor etwas davonläufst?"

Schon wieder eine Frage, dachte Tom. „Ich habe ja noch ein paar Tage in der Hütte, da werde ich schon die richtigen Antworten finden. Ich würde gern von etwas so begeistert sein wie du."

Olaf antwortete erst einmal gar nichts. Er ging schweigend neben Tom her. Dann sagte er: „Die Sehnsucht ist der Wegweiser zu dem, was dich begeistert. Du wirst es herausfinden."

Als Tom wieder in der Hütte war, war die Sonne gerade untergegangen. Der alte Fischer hatte ihn beeindruckt. Plötzlich schoss ihm ein Gedanke in den Kopf. Er holte die Taschenlampe, stellte sich aufs Bett und leuchtete empor zu dem Deckenbalken, der jetzt nur wenige Zentimeter über seinem Kopf schwebte.

Tatsächlich, da war ein deutliches O eingeritzt. O wie Sonne.

7

EIN KLEINES PARADIES
(Der fünfte Tag)

Mitten in der Nacht schreckte Tom plötzlich auf. Von Ferne hörte er drohendes Grollen. Er sprang auf und stolperte durch die dunkle Hütte. Vorsichtig öffnete er die Außentür und blickte hinaus. In dem Augenblick zerriss ein Blitz die dunkle Nacht. Erschrocken schlug er die Tür wieder zu. Dann ging es Schlag auf Schlag. Ihm wurde schmerzhaft bewusst, dass er hier allein und hilflos in einer abgelegenen, einsamen Hütte festsaß, während um ihn herum die Welt unterging.

Es dauerte einige Zeit, bis er sich ein wenig beruhigt hatte. Als Städter hatte er es bisher kaum gekannt, den Naturgewalten so direkt ausgesetzt zu sein. Sein Verstand meldete sich wie so oft mit einem klugen Spruch zu Wort: *Ein Gewitter sorgt eher für eine Bereinigung, als einen Untergang anzukündigen.* Vorsichtig öffnete er wieder die Tür. *Es wird sicher gleich regnen, das tut der Natur gut.* Jetzt ließ er sich auf das faszinierende Schauspiel ein und schaute ihm gebannt zu. Draußen wurde einiges geboten – Blitz auf Blitz, Schlag auf Schlag. Er fühlte sich bedroht und beschenkt zugleich und nahm ehrfurchtsvoll Platz auf der Terrasse, gerade so, dass er geschützt unter dem Vordach saß.

Ein Platz in der ersten Reihe bei Gewitter und prasselndem Regen, großartig!

Aber es gab keinen Regen, keinen einzigen Tropfen. Den sicheren Platz unter dem Vordach hätte er nicht gebraucht. Langsam wurden das Donnern und Grollen leiser, bis es völlig in der Ferne verebbte. Noch lange blieb er dort sitzen, bis er nachdenklich wieder hineinging. Er zündete eine Kerze an und schaute ungläubig zu, wie seine Gedanken ohne Sinn und Ziel spazieren gingen.

Irgendwann legte er sich wieder ins kuschelige Bett. *Jetzt gemütlich schlafen!* Doch an Schlaf war nicht mehr zu denken. Tom wälzte sich unruhig hin und her.

Irgendwann fing die Sonne an zu leuchten. Sonderbar, die Strahlen kamen nicht von draußen, sondern von dem Deckenbalken über ihm. Dazu hallten schaurig-schöne Töne über den See und durch den Wald. Plötzlich wurde die Tür aufgerissen und eine Gestalt stand mitten im Lichtkegel. Es war Salaske. Er schrie in alle Richtungen, dass gleich die Hütte abgerissen werde, weil hier Naturschutzgebiet sei. „In einer Minute ist die Planierraupe da!"

Tom riss erschrocken die Augen auf. Die Sonne schien zum Fenster herein. Ein neuer Tag hatte begonnen. Sofort schloss er die Augen wieder, um sie nach einer längeren Pause ganz vorsichtig noch einmal zu öffnen. Er fühlte sich immer noch benebelt von dem nächtlichen Schauspiel und dem fehlenden Schlaf. Unsicher tapste er durch die Hütte zum Herd. *Wie soll ich unter diesen Umständen die wichtigen Fragen meines Lebens beantworten?*, beklagte er sich wieder einmal.

Sein karges Frühstück war gerade fertig zubereitet, als es klopfte. Tom schlich unwillig zur Tür und öffnete. Draußen stand Katharina mit einem Lächeln, das der Sonne Konkurrenz machen könnte. Sofort hellte sich seine Miene auf. „Guten Morgen, Katharina! Was für eine Freude, dich zu sehen!"

Katharina hob ihren Korb hoch, wünschte einen prächtigen Tag und stiefelte herein. „Ich rieche Kaffee. Da habe ich aber Glück gehabt!"

Sie setzte sich auf ihren Platz und packte ein paar Mitbringsel aus. „Das ist alles aus dem Garten, vollgestopft mit frischen Vitaminen. Und die Eier sind wieder von meiner Nachbarin."

„Das ist ja wunderbar!", sagte Tom und baute alle Schätze dekorativ auf dem Tisch auf. „Ich danke dir. Und jetzt lass dir erst einmal den Kaffee schmecken."

In dem Moment hatte Katharina die neue Karte entdeckt. „Darf ich mal?"

Als er nickte, nahm sie das geheimnisvolle Stück Papier vorsichtig in die Hand. „Wohin führt dich deine Sehnsucht? G:", las sie laut vor. Dann hob sie die Karte gegen das Licht und nickte zufrieden. „Es ist wieder der Fisch, das Zeichen der Fischerhütte."

Tom schob ihr eine Scheibe Brot hinüber und kaute auf dem Kantenstück. „Die zweite Frage hat mich noch mehr durcheinandergebracht als die erste. Als ich dachte, eine Antwort gefunden zu haben, ist sie zerplatzt wie eine Seifenblase."

Katharina sah ihn erwartungsvoll an.

Er lächelte. „Also gut, ich erzähle es dir. Ich habe überlegt, wo ich meine Sehnsucht finden kann. Zuerst dachte ich, dass sie sich irgendwo in der Ferne versteckt – in der Weite der Welt und des Himmels. Doch dann brachte mich jemand auf die Idee, dass sie in mein tägliches Leben gehört und dort zu finden ist."

Katharina hob noch einmal die Karte gegen das Licht. „Ich staune, was für tiefe Gedanken du dir machst. Vielleicht will das

Wasserzeichen hier in die Hütte zeigen, dorthin wo wir gerade reden und essen und trinken. Und vielleicht geht es zugleich um etwas, das viel größer ist als diese kleine Hütte."

Tom saß stumm da. Er nickte kurz, als würde er verstehen, und schüttelte anschließend den Kopf. Dann sah er Katharina an. „Ach, Entschuldigung, du hast ja keinen Kaffee mehr. Ein Schluck ist noch da."

Als er wieder saß, zögerte er kurz, bevor er sie fragte: „Was meinst du, Katharina, ist diese Hütte ein magischer Ort? Ich meine, ein Ort, der anders ist als andere Orte und an dem ungewöhnliche Dinge geschehen können?"

Sie strahlte ihn an. „Was für eine schöne Frage! Vielleicht findest du bald selbst eine Antwort darauf." Dann schaute sie auf ihre Uhr und stand auf. „Ich habe total die Zeit vergessen. Es steht noch einiges auf meinem Plan heute."

Sie ging mit ihrem leeren Korb zur Tür und öffnete sie. „Ich komme demnächst mal wieder. Danke für den Kaffee."

Katharina war schon auf der Veranda angekommen, als sie sich noch einmal umdrehte. Sie rief ihm lächelnd zu: „Übrigens, ich glaube, das liegt ganz an dir!"

Tom blieb noch lange am Tisch sitzen. Er versuchte, sich daran zu erinnern, was Katharina gesagt hatte, und wusste nicht, ob er alles richtig verstanden hatte.

Er sah sich lange um und war froh, dass etwas von Katharina in der Hütte geblieben war. Damit meinte er nicht nur die gesunden Geschenke auf dem Tisch, sondern auch ihre Lebensfreude und gute Laune.

Plötzlich sprang er auf. *Ich wollte doch ins Dorf wandern und einkaufen. Das ist ein weiter Weg.*

Schnell holte er seinen Rucksack und kramte den darin verbliebenen Bodensatz heraus, bis er völlig leer war. Anschließend zog er seine Outdoorhose an und sah sich noch einmal im Raum um. Dann kamen aus seiner Tiefe die Worte: *Los geht's!*

Geschickt setzte er den Rucksack auf. *Was für eine Wohltat, wenn der Rucksack leer ist!* Er überlegte kurz, blickte zur Sonne und entschied sich für den Weg Richtung Westen, der teilweise dicht am See entlangführte. Nach fast einer Woche freute Tom sich darauf, wieder einmal in die Zivilisation einzutauchen, wenn auch nur kurz.

Als er ungefähr 20 Minuten unterwegs war, erblickte er am Ufer eine Hütte, die eher wie eine kleine Scheune oder ein Schuppen aussah. *Das ist bestimmt Christinas Bootsschuppen.*

Tom lächelte und ging plötzlich viel aufrechter als noch eben. *Etwas mehr Eigensinn würde mir auch guttun!*

Der Weg führte mehrmals durch dichten Wald, der nur wenig Sonne durchließ, um dann in offene Flächen zu wechseln, die mit Wacholder und niedrigen Büschen bewachsen waren. Gerade als er grübelte, ob er jemals das Dorf erreichen würde, tauchten in der Ferne die ersten Häuser auf.

Als er auf die gepflasterte Dorfstraße kam, sah er sofort den Laden. „Dorfladen" stand auf dem Schild über dem kleinen Schaufenster. Neben dem Eingang stand einladend eine Holzbank mit einem grau lackierten gusseisernen Gestell.

Als Tom die Ladentür öffnete, läutete eine Glocke und er betrat eine andere Welt. Wie angewurzelt blieb er stehen und sah sich staunend und unsicher um. *Träume ich? So etwas habe ich ja noch nie gesehen.* Es kam ihm vor wie eine Mischung aus Museumsladen, Wohnzimmer und Galerie. Er kniff sich in den Arm. Es tat weh.

Im Raum herrschten dunkle, warme Töne vor. Durch eine geschickte Beleuchtung erweckte das Ganze fast einen entrückten, sakralen Eindruck. Holzregale mit Backwaren und Schokolade, Kaffee und Tee wechselten sich ab mit antiken Schränken, bunt dekorierten Tischen und immer wieder kleinen Kunstwerken zur Auflockerung.

Etwa in der Mitte des Raums thronte ein alter Holztresen. Dahinter oder davor, je nach Blickwinkel, stand ein sportlicher Mann in einem feinen bordeauxroten Kittel und strahlte Tom an. „Sie sind zum ersten Mal hier, nehme ich an. Herzlich willkommen in unserem Dorfladen!" Auf seinen Kittel war der Name „Petersen" gestickt.

„Äh, guten Tag, Herr Petersen", antwortete Tom staunend und konnte seine Überraschung über diesen Ort und die Begrüßung nicht verbergen.

Herr Petersen ging einen Schritt auf ihn zu. „Es gibt viele, die hier überrascht sind. Was führt Sie in unsere schöne Gegend? Wir freuen uns, hier immer mehr Touristen begrüßen zu können."

Tom erzählte von seinem Aufenthalt in der Fischerhütte. Die Augen seines Gegenübers leuchteten, als er das Wort „Fischerhütte" hörte.

„Einen wunderschönen Laden haben Sie. Ich bin völlig begeistert!", sagte Tom und zeigte dabei in alle Richtungen.

Herr Petersen freute sich über das Lob. „Da habe ich einen Traum verwirklicht", antwortete er. Dann lud er Tom ein, mit ihm in den hinteren Teil des Ladens zu kommen, wo drei kleine Tische zum Sitzen einluden. „Haben Sie Lust auf einen Kaffee?"

Tom nickte überrascht. „Ja, gern."

Sein Gastgeber zeigte auf eine beeindruckende italienische Siebträgermaschine aus Edelstahl. „Das dauert gar nicht lange."

Die Wartezeit nutzte Tom, um sich noch etwas umzusehen. Gleich neben den Tischen entdeckte er ein einzigartig geformtes Stück Holz, das Verletzung und Lebensfreude zugleich ausstrahlte. Von der Kaffeemaschine rief Herr Petersen: „Interessant, nicht wahr? Das ist das sprechende Holz von einer berühmten Künstlerin aus dem Nachbarort."

Tom rieb sich die Augen und schluckte mehrmals. „Wunderschön ist das. Wunderschön und sehr eindrucksvoll!"

Inzwischen waren zwei herrlich duftende Tassen Kaffee fertig. Herr Petersen legte Tom noch eine Zimtschnecke mit viel Zimt und Streuzucker dazu. „Lassen Sie es sich schmecken! Das Beste ist einfach!"

Dann begann er zu erzählen: „Für mich ist es immer noch ein Traum, so wie am Anfang vor drei Jahren. Ich genieße jeden Tag, an dem ich hier bin."

Er rührte in seinem Kaffee. „Ich war schon immer gern Kaufmann. Menschen beraten, das ist meine Leidenschaft. Und jetzt ist dieser Laden mein kleines Paradies. Zum Glück gehen mir niemals die Ideen aus. Ich habe noch viele Pläne. Im Herbst feiern wir unser Erntefest, zu dem die Menschen von weither kommen."

Tom nickte anerkennend. „Das ist toll!" Er kratzte sich am Kinn. „Seit drei Jahren? Und was haben Sie vorher gemacht?"

Sein Gegenüber strich sich durchs Haar. „Ich habe lange Zeit ein viel zu großes Rad gedreht. Ich habe mich selbstständig gemacht und einen Laden in der Großstadt eröffnet. Mann, war ich damals begeistert! Doch ich wollte immer mehr. Am Ende gehörten mir dort fünf große Supermärkte und ich war immer noch nicht zufrieden." Sein Blick ging in die Ferne. Wieder rührte er im Kaffee. „Irgendwann schaute ich in den Spiegel und erkannte mich selbst nicht wieder. Ich sah keine Begeisterung und keine Freude mehr in meinen Augen."

Tom schluckte. „Ich glaube, mir geht es gerade ähnlich."

„Irgendwann bekam ich einen Brief. Einen Brief, der mein Leben verändern sollte."

Tom wurde bleich und sah sein Gegenüber mit großen Augen an. *Etwa auch ein Brief von G Doppelpunkt?* Er schwieg.

„Es war ein Brief eines Handelsvertreters, der mich gut kannte. Er teilte mir mit, dass ein alter Dorfladen auf dem Lande zum Verkauf stehen würde. Dann fragte er, ob ich interessiert wäre."

Tom sah Herrn Petersen mit großen Augen an. „Wahnsinn!"

Der machte eine kurze Pause, bevor er weitersprach. „Es war, als hätte jemand ein Licht in mir angeknipst. Ich war total aufgeregt. Gleich am nächsten Tag fuhr ich zu der angegebenen Adresse. Dann stand ich hier vor dem Laden und sah das verwitterte Schild: ‚Zu verkaufen!' Vor dem Eingang wucherte das Unkraut. Als ich die Tür öffnete, bekam ich einen Riesenschreck. Ich blickte in eine Bauruine. Es sah schlimm aus! Aber im selben Augenblick wusste ich: Das ist mein Laden. Hier kann ich meinen Traum verwirklichen. Ich habe mich sofort entschieden und mich bald danach von meinen anderen Läden getrennt."

Tom nickte mehrmals. „Was für eine mutige Entscheidung! Herzlichen Glückwunsch!"

Herr Petersen lächelte nachdenklich. „Manchmal müssen wir eine Entscheidung treffen. Ich habe es nie bereut. Endlich habe ich wieder Zeit für Kundengespräche und manchmal sogar für einen gemeinsamen Kaffee." Er zwinkerte Tom zu.

In diesem Moment läutete die Ladenglocke. Herr Petersen stand auf. „Da wartet Kundschaft. Sehen Sie sich gern in aller

Ruhe um. Ich empfehle besonders unser Landbrot und den Käse vom Biohof. Schöne Tage noch in der Fischerhütte!"

Als Tom eine halbe Stunde später mit seinem Einkauf auf dem Rücken wieder auf dem Heimweg war, fühlte er sich immer noch völlig benebelt und aufgewühlt. Ihm war, als hätte er eine Reise in eine ferne Galaxie unternommen und wäre noch ein gutes Stück von der Erde entfernt.

Als er bei der Hütte ankam, hatte er nur einen Wunsch: Er setzte sich auf die Veranda und streckte die Beine weit von sich. *Was für ein Tag!* Unten am See ging langsam das Licht aus.

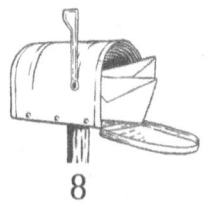

8
DER BLICK IN DEN SPIEGEL
(Der sechste Tag)

Wieder wachte Tom mitten in der Nacht auf. Wieder hörte er drohendes Grollen und sah fasziniert zu, wie sein Schlafraum mehrmals für eine kurze Sekunde in grelles Licht getaucht wurde. Dieses Mal blieb er im Bett liegen und kam sich dabei vor wie ein erfahrener Waldläufer, der genau weiß, wie das Wetter wird. *Kein Regen in Sicht! Lass es donnern und blitzen, ich schlaf weiter.*

Als er wieder aufwachte, war es immer noch dunkel oder zumindest nicht richtig hell. Er blickte auf die Uhr – es war bereits halb neun. *Was ist los?*, fragte er sich unsicher. *Was ist das für ein Geräusch?* Zögerlich ging er zur Tür und öffnete sie. Es goss wie aus Eimern.

Vom See war nicht viel zu sehen. Die Bäume waren nur Schatten ihrer selbst und der knallgrüne Briefkasten war nur als kleiner Punkt zu erkennen. *Der Briefkasten!* Tom lief einfach los, kümmerte sich nicht um die Fluten von oben, sondern dachte nur an einen dritten Brief. Hastig hob er den Deckel hoch, doch der Briefkasten war leer. Eine halbe Minute später kam er wieder in der Hütte an – völlig durchnässt. Er schüttelte sich wie ein nasser Hund. *Bei dem Wetter hat niemand Lust, Briefe auszutragen. Oder doch?* Er musste lächeln. *G Doppelpunkt wird sich doch nicht etwa an ein bisschen Wasser stören!*

Tom trocknete sich ab und machte ohne Eile Feuer im Herd. *Ich habe heute ja mehr als genug Zeit,* dachte er unwirsch. *Schade um den Urlaubstag, der mir hier absäuft!* Er richtete sich auf einen langweiligen Tag ein. Die gute Stimmung, die er gestern mitgebracht hatte, war verschwunden.

Das Frühstück war reichhaltig, dank des gut sortierten Dorfladens. Als er in das leckere Landbrot biss, musste er sofort an sein Gespräch mit Herrn Petersen denken und an dessen Begeisterung. *Wovon bin ich begeistert?* Er biss sich auf die Lippen, dann kaute er weiter wie in Trance.

Plötzlich sprang er auf und lief in den Schlafraum. Dort hing ein Spiegel an der Wand, den er bisher kaum beachtet hatte. Er putzte ihn mit seinem Taschentuch und schaute vorsichtig hinein. Irritiert blickte er einem Menschen in die Augen, der ihm vertraut und fremd zugleich vorkam. Der Anblick weckte schmerzhafte Fragen in ihm. Er schluckte mehrmals. *Wer bin ich? Welche Träume habe ich? Sehe ich Begeisterung und Freude in meinen Augen?*

Lange blieb er dort stehen, bevor er sich unsicher wieder an den Tisch setzte. *Ich habe mich verändert in den letzten Jahren,* stellte er bitter fest. Wieder dachte er an Herrn Petersen. *Warum knipst niemand in mir das Licht an? Warum bekomme ich keinen Brief, in dem mir etwas angeboten wird, das nur für mich bestimmt ist? Kein Laden, aber etwas Besonderes, etwas Großes?*

Gerade als er völlig in Selbstmitleid zu versinken drohte, musste er plötzlich an den Zettel mit der Adresse von Salaske denken. Und an die Briefe im grünen Briefkasten. Lange grübelte er weiter und suchte nach einer Antwort, ohne zu wissen, auf welche seiner vielen Fragen.

Als Tom eine Stunde später wieder einmal sein Notizbuch aufschlug, klopfte es. *Das kann nicht sein bei diesem Wetter!* Es klopfte wieder. Zögernd stand er auf und ging zur Tür. „Hallo, ist jemand da?", rief es von draußen.

Er öffnete die Tür. Es war Christina, deren kurze Haare wild in alle Richtungen standen. „Ich wollte mal sehen, wie es dir geht und ob du Hilfe brauchst in der feindlichen Wildnis." Dabei grinste sie ihm freundlich zu.

Tom öffnete die Tür ganz und zeigte vorsichtig in die gute Stube. Sie zog ihre Stiefel aus und tänzelte herein.

„Es hat aufgehört zu regnen?", fragte er.

„Schon vor zwei Stunden", antwortete sie schnippisch. „Wir hatten zehn Minuten Starkregen, das war's."

Er zeigte zum Tisch und zog einen Stuhl hervor. „Magst du einen Kaffee?"

Sie sah sich im Raum um. „Das ist schön hier! Ich mag die alte Fischerhütte. Hast du auch Tee?"

Tom hatte Tee und heißes Wasser zum Aufbrühen. „Vielleicht eine Zimtschnecke dazu? Ich habe gestern den ganzen Vorrat im Dorfladen aufgekauft." Er leckte sich die Lippen. „Die schmecken echt lecker!"

Als der Tee vor ihr stand, fragte sie besorgt: „Du hast gedacht, es regnet immer noch?"

Tom sah schnell auf seinen Teller. Er fühlte sich ertappt. „Na ja, das war schon sehr heftig vorhin."

Sie lächelte. „Wie gut, dass du hier in der trockenen Hütte sitzt. Ich war heute Nacht übrigens draußen im Wald und habe das Gewitter miterlebt. Es war großartig! Ich bin immer noch völlig geflasht." Sie strich sich genussvoll durch die Haare.

Tom war beeindruckt. Er überlegte kurz, dann sah er sie nachdenklich an: „Ich bin früher auch oft im Wald gewesen. Ich habe sogar manchmal dort übernachtet, ohne Zelt."

Sie grinste. „Jetzt bist du in der Krise und willst zurück in den Wald?"

Tom schwieg. Er dachte an sein Spiegelbild, das ihm vorhin so fremd vorkam. *Das bin ich und das bin ich nicht.* Er räusperte sich: „Ich weiß es nicht."

Sie ließ ihm Zeit.

„Eigentlich könnte ich zufrieden sein. Ich arbeite gern und viel. Ich liebe schöne Reisen und gutes Essen. Und Rotwein. Trotzdem habe ich das Gefühl, dass etwas fehlt, etwas Wichtiges. Etwas, das von innen kommt. Vielleicht die Freude, vielleicht die Begeisterung? Oder mehr Farbe ins Leben?"

Tom schloss kurz die Augen. Er sah jetzt aus wie ein Häuflein Elend. Dann öffnete er wieder die Augen und schaltete ein Lächeln an. „Tut mir leid, das wollte ich nicht. Ich kann mich wirklich nicht beklagen."

Sie wartete mit einer Antwort und goss sich noch einen Becher Tee ein. „Ich kann dich gut verstehen. Ich habe mir schon sehr früh in meinem Leben ähnliche Fragen gestellt." Sie nahm sich noch eine Zimtschnecke und sah ihm in die Augen. „Erzähl doch mal, wie war das früher in deinem Leben?"

Seine Augen leuchteten. „Es gab jeden Tag etwas, worauf ich mich gefreut habe. Das Baumhaus, das Schnitzen, das Zelten, die Lagerfeuer, die Wanderungen, die Musik. Mein ganzes Leben war ein einziges großes Abenteuer. Heute gibt es nichts mehr, was mich wirklich begeistern kann."

In diesem Moment entdeckte Christina die beiden Karten auf dem Tisch. Sie lächelte zufrieden. „Das muss ja eine spannende Zeit für dich sein hier in der Hütte. Dir werden tolle Fragen gestellt, du hast den Wald gleich nebenan, ein aufregendes Gewitter, ein Lagerfeuer am See."

Sie lächelte versonnen. „Ich freue mich auf jeden Tag. Dafür stehe ich, wenn es sein muss, auch nachts auf und bin im Wald unterwegs." Sie lachte.

Tom lachte ebenfalls und spürte, wie gut es ihm tat. „Du stehst nachts auf und hörst das Holz sprechen. Vielleicht bin ich zu sehr Realist?"

„Das kann sein", sagte sie leise. „Aber vielleicht bist du auch schon mittendrin in deinem großen Abenteuer."

Sie stand mit einem Schwung auf. „Ich zieh mal weiter. Hoffentlich habe ich dich nicht zu sehr verwirrt." Sie drückte ihm einen Kuss auf die Wange, tänzelte hinaus und zog auf der Veranda ihre Schuhe wieder an.

Tom stand in der Tür und sah ihr nach. Hinten am Weg drehte sie sich noch einmal um und winkte ihm fröhlich zu.

Lange blieb er dort stehen, aufgewühlt von der Begegnung mit Christina und von seinem Mut, sich ihr so zu öffnen. „*Vielleicht bist du schon mittendrin in deinem Abenteuer*", hat sie gesagt. *Ob sie recht hat?*

Er entschied sich, an den See zu gehen. Lange starrte er aufs Wasser. Dann ging er am Ufer entlang und ließ seinen Gefühlen freien Lauf. Er spürte Mitleid mit sich selbst und sprang im nächsten Augenblick vor lauter Übermut in die Luft. Er wischte sich Tränen aus den Augen und sang laut das Lied von den Seefahrern, die vor nichts Angst haben, bevor er über sich selbst erschrak und schwieg.

Als er wieder bei der Hütte ankam, stellte er sich auf den alten Bootsanleger mit den leicht schwankenden Brettern. Gerade, als die Sonne unterging, hallten wieder sphärische Sehnsuchtsklänge über See und Land. Sie berührten ihn auf sonderbare Weise. *Wie aus einer anderen Welt!*

9

DER WEG DER ROSE
(Der siebte Tag)

Als Tom am nächsten Morgen aufwachte, dachte er sofort wieder an die Begegnung mit Christina. Er fragte sich, ob es mutig war oder dumm, so offen über seine Gedanken und Gefühle zu sprechen.

Er ließ sich Zeit beim Zubereiten des Frühstücks und sah mehrmals nachdenklich aus dem Fenster. Als er schließlich am Tisch saß und den ersten Kaffee trank, konnte er seinen Blick nicht von den beiden Karten lassen, die neben einer brennenden Kerze aufgestellt waren. *Was ist dein Abenteuer?* und *Wohin führt dich deine Sehnsucht?* waren die Fragen, die seit Tagen unentwegt in ihm arbeiteten.

Er nahm die Karten in die Hand. *Wie geht es jetzt wohl weiter?*, fragte er sich. Dann stand er auf und ging zur Tür. Er wunderte sich über sich selbst, dass er das Frühstück unterbrach und auf die Veranda ging. Er ließ kurz seine Schultern kreisen. Es war ein erstaunlich kühler Morgen. Er blickte zum See. Der sah aus, als würde er dampfen. *Das Wasser scheint noch warm zu sein,* stellte er fest. *Vielleicht traue ich mich ja doch noch irgendwann hineinzuspringen.* Dann fiel sein Blick auf den Briefkasten.

Er ging hinüber, langsam und völlig sicher, heute eine neue Botschaft zu erhalten.

Er hob den Deckel und griff hinein – Volltreffer! „Es geht weiter!", rief er so laut, als sollte es die ganze Welt erfahren.

Als er wieder in der Hütte war, dachte er plötzlich an sein Taschenmesser. *Das passt viel besser zum Brief als ein Küchenmesser.* Er nahm es aus seiner Hosentasche, klappte es auf und öffnete vorsichtig den kostbaren Brief mit der vertrauten Aufschrift *TOM*. Dann zog er langsam die Karte heraus und legte sie feierlich vor sich auf den Tisch.

Liebst du die Rosen oder die Dornen?

G:

Er schluckte. *Natürlich Rosen!*, entschied er. *Was für eine Frage!* Plötzlich schoss ihm ein Gedanke in den Kopf: *Eine Rose!* Er stand noch einmal auf, nahm sein Taschenmesser in die Hand und ging aufgekratzt hinaus. Von der Terrasse lief er zur Rückseite der Hütte Richtung Brunnen. An der Hauswand blühten immer noch die Rosen, die ihn bereits bei seiner Ankunft erfreut hatten. Er öffnete wieder sein Messer, suchte sich eine wunderschöne hellrote Blüte, sagte „Entschuldigung!" und schnitt sich das Prachtexemplar so ab, dass ein langer, nicht ganz gerader Stiel dran blieb.

Zurück in der Hütte fand er ein schmales, hohes Glas, das wie gemacht schien für die stolze Rose. Dann stellte er sie auf den Tisch neben die neue Karte.

„Ich liebe Rosen", flüsterte er. „Die Dornen gehören leider dazu. Aber Dornen kann ich nicht lieben. Darauf könnte ich gut und gern verzichten." Kurz stellte er sich Rosen ganz ohne Dornen vor. *Nee, das geht natürlich auch nicht.*

Sein Kopf rauchte. Er stand auf und ging unruhig im Raum auf und ab. *Wenn ich in Bewegung bin, kann ich besser nachdenken, als wenn ich nur still am Tisch sitze.* Kurz darauf entschloss er sich, eine Wanderung zu unternehmen. Er zog seine Outdoorhose an, steckte sein Taschenmesser ein und griff nach der Regenjacke, die auf dem Holzstapel vor der Tür lag. Als er am Haus vorbeiging, blieb er noch einmal bei den Rosen stehen. Ihm war, als würden sie ihm eine Portion Lebenslust mit auf den Weg geben. Dann zog er weiter in den Wald und entschied sich für einen unscheinbaren Pfad, den er bisher noch nicht gegangen war.

Je weiter er ging, umso schmaler wurde der Pfad, bis er schließlich ganz aufhörte. Er hatte wieder einmal völlig die Orientierung verloren. Immer häufiger ratschten ihm Zweige über die Arme und durch das Gesicht. *Aua, das tut weh!* Er tat sich leid. *Wäre ich doch vorhin umgekehrt!*

Plötzlich hörte der Dschungel auf. Statt Dickicht lag jetzt ein großes, offenes Waldgebiet mit vielen hohen Buchen und einigen Kiefern vor ihm. Das Gehen auf dem moosigen Boden, auf Gras und Laub, tat gut. Er ging ein paar Schritte, hielt an, atmete tief ein und sah sich um. Es erinnerte ihn an den Wald, in dem er so oft mit seinem Vater unterwegs gewesen war. Als er kurz zum Boden sah, entdeckte er direkt vor sich drei, vier, fünf Pfifferlinge. Er ging weiter, wieder sah er mehrere dieser beliebten gelben Pilze. In Gedanken sah er sich schon mit einer Pfanne voller Pilze am Herd stehen. Tom kniete sich hin, holte sein Messer heraus und schnitt sie unten am Stiel ab. Zum Glück hatte er seine Regenjacke um den Bauch gebunden. Die diente jetzt als improvisierte Tragetasche. Da sah er die nächsten Pfifferlinge und geriet in einen wahren Sammelrausch.

„Na, jetzt hast du die geheime Pilzstelle ja tatsächlich selbst gefunden", erklang plötzlich eine bekannte Stimme.

Erschrocken drehte er sich um. Da stand in einem olivgrünen Overall Christina, die wie aus dem Nichts aufgetaucht war. Tom hielt kurz die Luft an, dann winkte er ihr zu. „Das war gar nicht so einfach, hierherzukommen. Ich bin völlig zerkratzt und zerstochen." Er zeigte auf die Kratzspuren an seinen Armen.

Sie schüttelte milde lächelnd den Kopf. „Typisch Städter! Ihr wollt am liebsten, dass alles zubetoniert wird und ihr gemütlich herumspazieren könnt. Aber nur echte Abenteurer finden solche Pilzstellen wie du heute." Sie zwinkerte ihm fröhlich zu. „Nimm so viel du essen kannst, nicht mehr. Das ist unser Gesetz hier draußen."

Augenblicke später war sie wieder verschwunden. Tom schüttelte sich kurz, als würde er nicht richtig verstehen, was er eben erlebt hatte. Dann setzte er die Pilzsuche fort. *So viel wie ich essen kann. Das ist doch klar!*

Eine Stunde später war Tom wieder in der Fischerhütte. Zuerst einmal breitete er die Pilze auf einem großen Holzbrett aus und reinigte sie sorgfältig von Sand und Erde. Dann legte er Holz auf die restliche Glut im Herd. In einer halben Stunde würde die Platte heiß genug sein. *Frische Pfifferlinge!* Ihm lief bereits das Wasser im Munde zusammen.

Er nutzte die Wartezeit, um schnell noch etwas in sein Notizbuch zu schreiben. Hinter dem Wort „Abenteuer" notierte er: „Ich glaube, ich bin schon mittendrin." Anschließend kam das Wort „Sehnsucht". Er überlegte. Dann schrieb er langsam: „Sie war wohl nur verschüttet. Ich will sie wieder zulassen. Versprochen!"

Gerade als er etwas zu seinem dritten Brief notieren wollte, klopfte es. Er sprang auf und öffnete die Tür. Da stand Katharina und strahlte ihn an. „Na, kannst du etwas Ablenkung gebrauchen?"

„Von dir immer!", antwortete er und lud sie ein hereinzukommen. Sie hatte wieder ihren Korb dabei und stapfte fröhlich zum Tisch.

„Wie geht es dir?", fragte sie. „Du hast doch jetzt bestimmt schon Halbzeit in der Fischerhütte."

Er überlegte. „Ja, das nehme ich auch an. Die Zeit vergeht wie im Flug. Und zu deiner Frage: Ich fühle mich hier inzwischen richtig wohl. Ich glaube nicht, dass eine moderne Ferienanlage für mich besser gewesen wäre. Ich werde die Fischerhütte bestimmt vermissen. Und dich auch." Er lächelte charmant. „Aber jetzt bin ich ja noch da. Ich würde dich gern zu einer leckeren Pilzpfanne einladen. Hast du Lust?"

Natürlich hatte sie Lust. Während Tom schnell noch Zwiebeln schnitt und die Pfanne auf den Herd stellte, fiel ihr Blick auf die Rose. „Oh, wie schön, Tom. Ich liebe Rosen. Sie sind so stolz und strahlen so viel Leidenschaft aus."

Während Tom beschwingt ein paar Eier aufschlug, entdeckte sie die neue Botschaft: *Liebst du die Rosen oder die Dornen? G:.* Katharina klatschte in die Hände. „Was für eine schöne Frage!" Sie hielt die Karte gegen das Licht und nickte zufrieden.

In der Pfanne brutzelte es inzwischen und der Duft verteilte sich im ganzen Raum. „Das riecht köstlich", flüsterte Katharina, als würde sie ein Geheimnis verraten.

Wenige Minuten später war das Essen aufgetischt. „Guten Appetit!", wünschte Tom und war gespannt, wie seine Kochkünste wohl ankommen würden.

Einen Moment lang herrschte Stille, nur das Klappern der Bestecke auf den Tellern war zu hören. Dann überboten sich beide an Lobeshymnen: „Fantastisch!" – „Frisch aus dem Wald!" – „Glückliche Hühner!" – „Einfach lecker!"

Tom freute sich wie ein kleiner Junge. „Zu Hause war es ein Fest, wenn wir Pilze aßen. Das lag wohl hauptsächlich daran, dass ich vorher immer mit meinem Vater im Wald war. Wir haben dann um die Wette gesucht. Die Zubereitung hat meine Mutter übernommen, bevor ich mit zwölf Jahren selbst an die Pfanne durfte." Er lächelte versonnen. „Das war eine schöne Zeit."

Nach dem festlichen Mahl servierte Tom Kaffee und Zimtschnecken. „Das sind leider die beiden letzten."

Katharina blickte immer wieder auf die Rose und die neue Karte. Tom sah sie erwartungsvoll an. „Jetzt erzähl schon, was du denkst, du siehst so aus, als würdest du gleich platzen."

Sie nickte. „Also, ich finde es toll, dass Rosen Dornen haben. So können sie sich wehren, wenn jemand ihnen zu nahe kommt. Ich mag auch Menschen, die ihren eigenen Willen haben und sich nicht alles gefallen lassen."

Tom staunte. „So habe ich das noch gar nicht gesehen. Heißt das, du liebst die Dornen?"

Sie schüttelte lachend den Kopf. „Mein Blick geht nicht zu den Dornen. Ich sehe lieber zur Rose und erfreue mich daran. Du weißt doch: Ich habe immer gute Laune, auch wenn ich schlechte Laune habe."

Tom sah nachdenklich zu der Rose im Glas. „In letzter Zeit habe ich vielleicht zu sehr auf die Dornen geachtet. Ich war oft unzufrieden. Das wird sich ändern, bestimmt!"

Bevor Katharina wieder ging, packte sie ihren Korb aus. „Damit du hier nicht verhungerst – so ganz ohne Zimtschnecken."

Tom war wieder begeistert über die bunte Palette ihrer Gartenfrüchte. „Danke", flüsterte er berührt, „was würde ich nur ohne dich tun?"

Dann war er wieder allein. Er wusch das Geschirr ab, ohne den Geschirrspüler zu vermissen. Anschließend setzte er sich mit seinem Notizbuch auf den Bootssteg. Als sich die Sonne langsam dem Horizont näherte, schrieb er feierlich: *Und wenn die Dornen mir die Haut zerkratzen – ich gebe nicht auf. Ich gehe den Weg der Rose.*

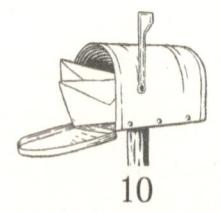

10

LUST AUF LEBEN
(Der achte Tag)

Tom öffnete die Augen, als gerade die erste Dämmerung den neuen Tag ankündigte. Er war sofort hellwach. Schnell stand er auf und tappte in den halbdunklen Wohnraum, während er eine Melodie summte. *Was war das?*, fragte er sich. Er summte noch einmal. Ja genau, es war der Song, den er auf der Herfahrt aus voller Kehle mitgesungen hatte: *Country roads, take me home …*

Auf dem Tisch stand immer noch die halbgeöffnete Rose in ihrem Glas, als hätte sie auf ihn gewartet. „Keine Rose ohne Dornen", flüsterte er, ohne über den Sinn seiner Worte weiter nachzudenken.

Er schnappte sich zwei leere Eimer und stapfte hinaus in den Morgen. *Brrr, ganz schön kalt!* Das Gras war feucht und roch herrlich. Über dem Wald hinter dem Briefkasten wurde es langsam hell.

Der Briefkasten! Tom ließ die Eimer am Brunnen stehen und lief hinüber. Er hob den Deckel hoch, blickte kurz hinein, der Briefkasten war leer. Er war nicht enttäuscht, sondern spürte eine unbändige Lust auf Leben.

Als er den ersten Eimer mit dem kühlen Wasser aus der Tiefe heraufzog, fühlte er plötzlich großen Respekt vor der Natur und so etwas wie Dankbarkeit. Er dachte an seine Wohnung in der Stadt, in der er jetzt unter der Dusche stehen und das warme Wasser aus der Leitung genießen würde. Sonderbar, es fehlte ihm nicht!

Minuten später, als er ein Feuer im Herd entzündete, verstärkte sich das Gefühl der Verbundenheit und Dankbarkeit noch. Er stellte sich vor, er würde zum ersten Mal die Fischerhütte betreten und sofort liebevoll von ihr in die Arme geschlossen werden. Er lächelte. *Ich weiß, Fischerhütten haben keine Arme. Aber es ist ein Glück, dass ich hier sein darf!*

Dann saß er am gedeckten Frühstückstisch und sah sich im ganzen Raum um. Das einfache Leben hier erschien ihm nicht mehr als Bedrohung wie in den ersten Tagen. *Ich glaube, ich bin angekommen,* dachte er. *Ich fühle mich hier schon wie zu Hause.*

Sein Blick fiel jetzt auf den Tisch. Brot, Marmelade, Käse, Tomaten, Gurke – ein einfaches Essen und zugleich ein reich gedeckter Tisch. Dazu sein persönlicher Luxus, eine Kanne mit köstlichem, dampfendem Kaffee.

Als er nach dem Frühstück auf die Veranda trat, blickte er zum ersten Mal an diesem Tag auf die Uhr. Es war schon fast zehn, obwohl er so früh aufgestanden war. Zu Hause in der Stadt hätte er viel Zeit gespart im Vergleich zum Leben hier in und mit der Natur. Er lächelte zufrieden: *Zeit verschwenden kann manchmal richtig guttun!*

Tom blickte versonnen zum See, der wirkte, als hätte er sich in der Nacht verwandelt, weil er so sehr glänzte und funkelte. „Was für ein Abenteuer", flüsterte er leise. *Ich stehe hier gemütlich auf der Veranda und blicke auf diesen wunderschönen See.*

Was für ein Abenteuer? Er kratzte sich nachdenklich am Kopf. Dann begann er zu grinsen, dachte an seine wilde Zeit vor vielen Jahren zurück und ging wieder in die Hütte. Zwei Minuten später kam er in seiner bunten, gestreiften Badehose, die so gar nicht hierher passte, heraus und trabte zum Wasser. Auf dem Bootssteg beugte er sich hinunter, schöpfte mit den Händen Wasser und spritzte sich selbst nass. Dann stieg er vorsichtig hinunter, das Wasser ging ihm gleich bis weit über die Knie, und sprang kurzentschlossen mit einem Satz in die Fluten. „Kalt, kalt, kalt", hallte es über den See und Augenblicke später: „Yippie, yippie, yeah!"

Es war, als wäre in ihm ein Knoten geplatzt. Tom prustete Wasser wie eine Fontäne zum Himmel, tauchte kurz unter und winkte anschließend einigen aufgescheuchten Wasservögeln zu. Wieder spürte er diese Lust auf Leben. Er war mittendrin und nicht mehr außen vor.

An Land schüttelte er sich wie ein nasser, junger und völlig verspielter Hund. Als er wieder zurück in die Hütte kam, war er glücklich und total erledigt. Schnell trocknete er sich ab, zog sich warm an und legte sich ins Bett. *Aber nur ein paar Minuten!*

Plötzlich klingelte es laut an der Haustür. Tom schreckte hoch. Was war das? Augenblicke später klopfte es heftig ans Fenster. Er bekam es mit der Angst zu tun. Schnell lief er zur Tür und öffnete. Draußen standen zwei kräftige Männer, die ihn an den Armen packten und in einen schwarzen Geländewagen drängten, der sofort mit quietschenden Reifen Richtung Wald fuhr. Genau an der Stelle, wo er Pilze gesammelt hatte, hielten sie an und zogen ihn grob aus dem Wagen. „Haben Sie hier etwa Pfifferlinge gestohlen?"

Tom schüttelte ängstlich den Kopf und nickte zugleich. Er bekam kein Wort heraus. Einer der Männer schrie: „Die gehören dem Hotel. Dafür werden Sie bezahlen!"

Sie verfrachteten ihn wieder in den Wagen und jagten zurück. Als sie am See ankamen, traute Tom seinen Augen nicht. Dort, wo eben noch die Fischerhütte gestanden hatte, ragte jetzt ein mehrstöckiges Hotel in die Höhe. Auf dem riesigen Parkplatz stand ein großes Schild: „Fisherman's Lodge". Ihm wurde schwindlig. Dann sah er Christina, die auf ihn zukam. In ihrem schrillen Outfit erkannte er sie kaum wieder. „Hallo Tom, ich habe einen neuen Job in der Marketingabteilung des Hotels übernommen. Darf ich dich zum Essen in unserem Restaurant einladen?"

Tom rang verzweifelt nach Atem. Das Lokal stand genau dort, wo vorher der grüne Briefkasten auf Post von G Doppelpunkt gewartet hatte. Sie führte ihn hinein und zeigte auf einen Platz am Fenster. „Setz dich doch endlich", rief sie laut, als er die erste Aufforderung überhört hatte. Sie zeigte aus dem Fenster. „Da war einmal der Wald mit seinen vielen Dornen. Den Wald machen wir jetzt platt. Dort entstehen moderne Lodges für gestresste Menschen aus der Stadt. Die brauchen kein Dickicht und keine Dornen. Die brauchen Ablenkung und feines Essen und italienischen Rotwein."

Tom sah sie erschrocken an. „Warum?"

Sie begann zu lachen, erst leise, dann immer lauter. „Ach, du Dummkopf, du meinst, die Zeit aufhalten zu können? Nur weil du ein paar Tage in der Fischerhütte lebst?" Sie lachte jetzt so laut, dass es durch das ganze Lokal hallte …

Schweißgebadet wachte Tom auf. Völlig verwirrt sah er sich im Zimmer um, als wollte er sich vergewissern, dass noch alles so war wie vorher. In seinem Kopf herrschte totales Chaos.

Unsicher stand er auf und setzte sich zerschlagen an den Tisch. Mit zitternden Händen schnitt er eine Scheibe Brot ab und ein großes Stück Käse. *Schade, dass kein Rotwein im Keller liegt!* Schnell biss er sich auf die Lippen.

Nur langsam beruhigte er sich ein wenig. *Was für ein verrückter Traum! Zweifle ich etwa an meinen neuen Gefühlen? Will ich so weiterleben wie bisher?*

Ein wenig zitterten seine Hände immer noch. Tom entschied sich hinauszugehen und sich auf die Veranda zu setzen. Die Bank dort hatte ihm schon manche ruhige Stunde mit Blick auf den See geschenkt. Draußen stellte er befriedigt fest, dass dort kein Hotel stand und der Briefkasten immer noch auf Post von G Doppelpunkt wartete.

Er machte es sich auf der rechten Seite der Bank gemütlich, sodass er sich auf der Armlehne abstützen konnte. *Was für ein Blick! Was für ein Ort! Was für eine herrliche Luft! Was für ein … für ein.*

„Hallo, schläfst du?", drang plötzlich eine helle, klare Stimme an sein Ohr. Tom schreckte hoch. Neben ihm saß Finn so selbstverständlich, als wäre er hier zu Hause. „Ich sitze schon fünf Minuten hier."

Tom schüttelte ungläubig den Kopf. „Sonderbar, ich habe nichts gehört. Dabei habe ich gar nicht geschlafen. Das hätte ich ja gemerkt."

Finn gluckste. „Du bist komisch. Du merkst doch nicht, ob du schläfst. Außer wenn du träumst, das merkst du aber erst hinterher."

Bei dem Wort Traum zuckte Tom kurz zusammen.

„Sag mal, hast du was zu essen? Ich habe Hunger. Das war ganz schön anstrengend."

Tom sah ihn fragend an. „Was meinst du? Was war anstrengend?"

Finn zeigte Richtung Bootsanleger. „Ich bin mit dem Ruderboot gekommen. Olaf meint, dass ich langsam selbstständig werden muss."

„Ganz allein?", fragte Tom erschrocken.

„Hast du nun was zu essen?", fragte Finn noch einmal.

„Ach, Entschuldigung!", stotterte Tom. „Wir gehen einfach rein und suchen uns etwas."

In der Hütte auf dem Tisch lagen noch Brot und Käse und ein paar Tomaten. „Wie sieht's damit aus? Sonst ist im Keller noch mehr."

Finn nickte. „Ist in Ordnung." Dann entdeckte er die Rose. „Magst du Rosen?"

Tom schnitt zwei Scheiben Brot ab, dann sah er zur Rose. „Ist das nicht interessant? Sie hat eine wunderschöne Blüte, aber auch gefährliche Dornen."

Finn gluckste. „Du hast Angst vor Dornen?"

Tom sah ihn mit großen Augen an. „Wieso Angst?" Dann überlegte er kurz, schnitt zwei dicke Scheiben Käse ab und reichte Finn einen Teller. „Stell dir einmal vor, du bist unterwegs und überlegst, in welche Richtung du gehen willst. Ein Weg ist voller Blüten und fast dornenfrei, der andere hat nur wenig Blüten, aber lauter Dornen, die dich verletzen können. Wie würdest du dich entscheiden?"

Tom sah ihn lächelnd an und freute sich, ihm eine dem Alter entsprechende Frage gestellt zu haben.

Finn gluckste wieder. „Die Antwort ist doch klar!"

Tom nickte. „Eben, fast jeder würde sich für den Weg mit den Blüten entscheiden."

Finn schüttelte den Kopf. „So ein Quatsch. Ich würde natürlich den Weg mit den Dornen gehen!"

Tom sah ihn überrascht an. „Jetzt ehrlich?"

„Ja natürlich. Ich gehe doch nicht da lang, wo alle gehen. Olaf sagt immer, dass du das Schönste im Leben verpasst, wenn du immer nur den leichtesten Weg gehst. Ich glaube, hinter den Dornen wartet das Abenteuer."

Tom sah für eine Sekunde lauter gelbe Pfifferlinge. Dann blickte er wieder zu Finn. „Also nimmst du immer den schwersten Weg?"

Der gluckste schon wieder. „Du bist komisch. Ich mach mir das Leben doch nicht extra schwer. Ich mach einfach immer, was ich will."

Die beiden gingen wieder hinaus und setzten sich auf die Bank. Finn kaute vergnügt sein Brot. „Machst du auch immer, was du willst?"

Tom zuckte kurz zusammen. „Was du für Fragen stellst!" Dann blickte er versonnen zum See und zum Himmel. „Das ist wirklich schön hier."

Finn kaute weiter.

„Wenn ich ehrlich bin, weiß ich meistens gar nicht, was ich will. Ich bin wohl oft einfach den bequemsten Weg gegangen. Aber das kann man ja ändern."

Finn stellte den leeren Teller neben sich. „Danke fürs Essen. Jetzt will ich mal weiter. Das Abenteuer ruft." Er gluckste.

Eine Viertelstunde später sah Tom seinen abenteuerlichen Besucher nur noch als hellblauen Fleck auf dem See. *Ich glaube, so wie er war ich früher auch, wenigstens ein bisschen!*

Er dachte zurück an den Vormittag. Da hatte er sich dem Leben so nah gefühlt wie lange nicht mehr. Tom blinzelte in die

Nachmittagssonne. Feierlich wiederholte er seinen Entschluss von gestern Abend: *Ich gehe den Weg der Rose, egal wie viele Dornen mich daran hindern wollen!*

11

EINE HANDVOLL EICHELN
(Der neunte Tag)

Noch völlig verschlafen wankte Tom zur Tür und öffnete sie vorsichtig. Es regnete. *Gut für die Natur,* dachte er und blickte hinüber zu den Büschen am See und zum nahen Wald. Im selben Augenblick sah er, dass im Osten die Wolken aufbrachen und erste Sonnenstrahlen durchließen. *Vielleicht wird es doch noch ein schöner Tag. Ich lasse es mal wieder langsam angehen und mach's mir in der Hütte gemütlich.* Er dachte kurz nach. *Was wollte ich hier eigentlich?* Ratlos schüttelte er den Kopf und schloss die Tür.

Kurze Zeit später brannte das Feuer im Herd. Er summte ein fröhliches Lied. Von Tag zu Tag war das einfache Leben für ihn tatsächlich immer einfacher geworden. Als das Wasser langsam wärmer wurde, hatte er den Tisch bereits gedeckt. Jetzt saß er da und starrte wie gebannt auf die Rose. Sie war für ihn längst zu einem Sinnbild für seinen Aufbruch geworden. Neben der Rose lagen die drei göttlichen Briefe, wie Tom sie mit einem Lächeln bezeichnete.

Inzwischen hatte das Wasser zu kochen begonnen. *Heut gibt's bei mir zwei harte Eier, das wird 'ne kleine Frühstücksfeier,* sang er fröhlich. *Und Kaffee gibt's natürlich auch, das freut die Seele und den Bauch,* dichtete er weiter und musste anschließend über seine schlichte Dichtkunst lachen. *Ganz schön albern bin ich heute!*

Gerade als er seinen ersten Schluck Kaffee trank, klopfte es. Schnell stand er auf und tanzte beschwingt zur Tür. *Das wird wohl Katharina sein, so bleibe ich hier nicht allein.*

Es war Katharina. Sie hatte wieder ihren geflochtenen Korb dabei. Draußen schien inzwischen die Sonne und drinnen jetzt auch. Sie sah ihn an und lächelte noch strahlender als sowieso schon. „Tom, was für eine schöne Überraschung, du wirkst so fröhlich und aufgekratzt! So kenne ich dich noch gar nicht!"

Am Tisch packte sie ihren Korb aus mit bunten, knackigen Vitaminen aus dem Garten. „Das wird dir guttun." Dann setzte sie sich auf ihren Platz, als würde sie hier zu Hause sein. Tom zeigte auf die Kanne. „Wie sieht's aus, Kaffee gefällig?"

Sie nickte. „Es scheint dir ja richtig gut zu gehen. Du kannst dir gar nicht vorstellen, wie sehr ich mich für dich freue."

Tom setzte sich strahlend zu ihr an den Tisch. „Ich habe gehofft, dass du kommst. Deine gute Laune ist für mich wie Medizin. Aber heute habe ich tatsächlich selbst gute Laune." Er schmunzelte kaum sichtbar: „Übrigens, das zweite Ei habe ich extra für dich gekocht."

Die beiden ließen sich das Frühstück schmecken. Zwischendurch schielte Katharina immer wieder zu den drei Karten. Schließlich sagte sie: „Schade, dass kein neuer Brief gekommen ist!"

Tom hörte auf zu kauen. „Das habe ich heute völlig vergessen. Weißt du was? Ich laufe schnell mal raus und schaue nach."

Zwei Minuten später kam Tom zurück und schwenkte triumphierend einen neuen Brief mit der geschwungenen Aufschrift

TOM. Gleich zog er sein Taschenmesser aus der Hosentasche und klappte es auf. „Jetzt bin ich aber gespannt!" Sein Herz klopfte heftig und seine Hände zitterten ein wenig.

Er setzte sich, sah zu Katherina und versuchte, ruhig zu bleiben. Dann öffnete er betont langsam und sorgfältig den Brief. Sie beobachtete ihn gespannt. „Jetzt mach schon!"

Vorsichtig zog er eine weiße Karte heraus und legte sie andächtig auf den Tisch.

Wie entscheidest du dich?
G:

Katharina klatschte wieder in die Hände. „Jetzt geht es wohl langsam in die Endrunde. Da muss die Entscheidung fallen. Hast du schon eine spontane Antwort auf die Frage?"

Tom schwieg. Er nahm die Karte noch einmal in die Hand, hielt sie gegen das Licht, strich zärtlich über das handgeschöpfte Papier und legte sie wieder zurück. Dann holte er tief Luft. „Darum bin ich schließlich hier in der Hütte, damit ich mir über einiges klar werde." Er schluckte. „Und die richtigen Entscheidungen treffe. Nach allem, was ich hier erlebt habe, kann ich kaum so weiterleben wie in der Vergangenheit. Ich habe nur Angst, dass im Alltag alles wieder verschüttet wird."

Katharina schaute zur Rose. „Ist das nicht schon eine Art Entscheidung, diese Rose?"

Tom nickte nachdenklich. „Irgendwie vielleicht. Aber die Rose wird schon bald verwelken." Es wirkte so, als wäre gerade ein Schatten auf seine eben noch so gute Laune gefallen. Beide schwiegen, blickten zur Rose und hingen ihren Gedanken nach.

„Was hast du heute vor?", fragte Katharina plötzlich in die Stille hinein. „Machst du eine Wanderung in die herrliche Natur? Vielleicht … um einen klaren Kopf zu kriegen?"

Tom schüttelte den Kopf. „Heute nicht. Ich will mich endlich an mein Notizbuch setzen, nachdenken und genau aufschreiben, was ich in meinem Leben verändern will." Er zeigte auf das kleine Buch, das auf einer Ecke des Tisches bereitlag. „Dann habe ich es schwarz auf weiß, wenn ich wieder zu Hause bin."

Sie sah ihn liebevoll an, und in ihrem Blick war neben Fröhlichkeit auch etwas Skepsis zu erkennen. Langsam stand sie auf. „Dann wünsche ich dir viel Erfolg!" Sie zögerte kurz: „Ach ja, eine Frage habe ich noch, was glaubst du – stammen die Briefe nun von Gott oder nicht?"

Er lächelte. „Katharina, das habe ich dir schon gesagt, Gott schreibt keine Briefe."

Sie ging langsam weiter. An der Tür blieb sie noch einmal stehen. „Hätte er eine andere Möglichkeit, dir etwas Wichtiges mitzuteilen?"

Tom blickte sie erstaunt an und kratzte sich am Kopf. „Gute Frage." Er schluckte. „Gute Frage!"

Sie öffnete die Tür. „Danke für das Frühstück. Bis bald!"

Als sie die Tür geschlossen hatte, lief er schnell hinterher, um ihr noch einmal nachzuwinken. Er öffnete die Tür und sah in alle Richtungen. Katharina war nirgends zu sehen.

Kopfschüttelnd kehrte er zurück an den Tisch und betrachtete lange die Rose. Dabei dachte er zurück an das Versprechen, das er bereits zweimal abgelegt hatte. *Ich gehe den Weg der Rose, egal wie viele Dornen mich daran hindern wollen.*

Nach dem Aufräumen entschied sich Tom, erst einmal eine kleine Mittagspause einzulegen. Er überlegte kurz. Die Bank auf der Veranda schien dafür genau der richtige Ort zu sein. Er setzte sich und machte es sich gemütlich. *Ein paar Minuten an gar nichts denken, das tut jetzt gut.* Er blinzelte zum Himmel, an dem tausend große und kleine Wattebällchen auf Reisen waren. Der Wechsel von Sonne und Schatten machte ihn fast schwindlig.

Plötzlich hörte er eine Stimme. „Hallo, Tom!" Erschrocken riss er die Augen auf. „Hallo!" Er blickte sich um und entdeckte Olaf, der unten am See im Ruderboot stand und ihm fröhlich zuwinkte. Das Boot hatte er an der Anlegestelle festgemacht.

Tom stand auf und rieb sich die Augen. Es war kein Traum diesmal. Schnell lief er hinunter und sprang auf den Bootsanleger. „Hallo Olaf, bist du unterwegs?" Eine klügere Frage fiel ihm auf die Schnelle nicht ein.

Olaf lachte. „Ja, ich bin unterwegs. Es ist ein idealer Tag für zwei abenteuerlustige Männer. Ich wollte dich einladen, mit mir eine Seefahrt zu unternehmen. Hast du Lust?"

Tom zögerte kurz und nickte. „Ja, also, Lust schon", stotterte er. „Aber ich hatte mir vorgenommen, heute konkrete Pläne für mein neues Leben zu machen. Du weißt schon. Also ..." Unglücklich stand er auf den Holzplanken und sah zu Olaf.

Der band die Leine vom Anleger los. „Du musst dich schon entscheiden. Die Reise geht los."

Tom stand immer noch unentschlossen da. Olaf fasste bereits mit den Händen an den Steg, um sich abzustoßen. Da gab sich Tom einen Ruck und sprang mit einem großen Satz ins Boot, das sofort in Schieflage geriet und zu schaukeln begann. Olaf lachte. „Willkommen an Bord! Ich wusste, dass du mitkommst."

Tom setzte sich schnell hinten auf die kleine Bank im Boot, während Olaf ihm gegenüber die Ruder ergriff und geschickt rangierte. Wenig später hatte er Fahrt aufgenommen. Tom beobachtete ihn fasziniert. Olaf ließ das schwerfällige Boot wie ein schnittiges Sportboot wirken.

„Toll machst du das!", rief Tom voller Hochachtung.

Olaf wurde etwas langsamer. „War nur eine kleine Vorstellung von mir. Wenn du regelmäßig in Bewegung bist, bleibst du lange jung."

Dir sieht man das Alter gar nicht an, dachte Tom, dem die unerwartete Bootsfahrt sichtlich Spaß machte. *Ich fühle mich hier hinten im Boot selbst so jung wie lange nicht mehr.*

Olaf hatte sich inzwischen für ein gemütlicheres Tempo entschieden. Gleichmäßig klatschten die Wellen gegen die Bootswand. Als sie fast in der Mitte des Sees angekommen waren, kam das Boot langsam zum Stehen.

„Wieso wusstest du, dass ich mitkomme?", fragte Tom plötzlich und sah sein Gegenüber neugierig an.

Olaf hob die Hände und zuckte lächelnd mit den Schultern. „Ich wusste es einfach." Er blickte Richtung Fischerhütte am Ufer, die trotz der Entfernung noch zu erkennen war. „Du bist doch nicht nur hier, um Urlaub zu machen und dich zu erholen. Du hast mir gesagt, dass du wieder lebendig und begeistert sein willst. Deshalb musstest du springen."

Tom nickte stumm. Olaf legte die Ruder aus den Händen. Er setzte sich auf den Boden vor seiner Bank und blickte sehnsuchtsvoll zu den Wolken. „Ist das nicht wunderschön hier? Das klare Wasser und der weiß-blaue Himmel, die Wiesen und der Wald."

Auch Tom setzte sich auf den Boden, um sich mit dem Rücken anlehnen zu können. Er fühlte so intensiv wie noch nie den

Wind und die Sonne und spürte zugleich das leichte Schaukeln des Bootes. „Was für ein schönes Fleckchen Erde! Was für ein schöner Tag!"

Olaf lächelte zufrieden. „Hier ist jeder Tag anders und immer wunderschön. Hier spürst du etwas von der Größe und Schönheit der Schöpfung."

Beide Männer schwiegen und versanken in ihren unterschiedlichen Gedanken und Träumen.

Plötzlich ertönten wie aus weiter Ferne seltsame, betörende Töne. Tom war sofort hellwach und lauschte wie gebannt der geheimnisvollen Musik. „Weißt du, was das ist? Etwas Ähnliches habe ich hier schon ein paarmal gehört."

Jetzt schwebte eine traurig-fröhliche Melodie über den See. Olaf setzte sich wieder auf seine Bank. „Das ist Christina. Sie steht irgendwo mit ihrer Flöte und spielt von der Sehnsucht, die uns ruft. So wie die Wildgänse auf ihrem Zug nach Norden oder Süden rufen. Oder wie der Wind, der langsam zum Sturm wird."

Tom kam es vor, als würde eine andere, größere Welt herübergrüßen. Ein Gefühl von Weite und Freiheit breitete sich in ihm aus. Das hatte er in den letzten Jahren so sehr vermisst! Kurz drehte er sich um und wischte sich die Augen. „War nur ein Insekt."

Da bemerkte er, dass ihr Boot wieder etwas dichter ans Ufer getrieben war. Er lächelte unsicher. „Ist das die Richtung der Sehnsucht? Ich meine, vieles im Leben geschieht doch unbewusst."

Olaf schmunzelte. „Wir haben uns treiben lassen. Manchmal brauchen wir das. Aber es hat nichts mit der Sehnsucht zu tun. Du erinnerst dich? Die Sehnsucht ist der Wegweiser zu dem, was dich begeistert."

Olaf ergriff wieder die Ruder. „Lass uns auf die andere Seite des Sees fahren. Ich habe da eine kleine Überraschung für dich."

Schnell kam das Boot wieder in Fahrt. Vor ihnen lagen mehrere kleine, verwunschene Buchten. Tom blickte begeistert hinüber. Von solchen versteckten Plätzen hatte er als Junge oft geträumt. Er schloss kurz die Augen und las wieder heimlich unter der Bettdecke von faszinierenden Abenteuern.

Olaf steuerte eine der Buchten an. „Siehst du dort, an der Landzunge? Da sollte ein großes Ferienhotel gebaut werden. Das haben wir gemeinsam verhindert."

Tom schluckte. „Ich weiß. Ein Ferienhotel."

Olaf steuerte jetzt auf einen kleinen Sandstrand zu und machte zwischen ein paar Uferbüschen halt. Geschickt vertäute er das Boot an einem Pfahl, den sein junger Begleiter glatt übersehen hätte. Tom sprang neugierig an Land, während Olaf aus dem vorderen Teil des Bootes einen kleinen Rucksack holte. „Wir sind bald am Ziel. Den Rest gehen wir zu Fuß."

Erst einmal jedoch stellten sie sich ans Ufer und blickten hinaus auf den See. Die Fischerhütte war von hier aus nicht mehr zu sehen. „Das ist eine schöne Welt", sagte Tom feierlich. „Du kennst hier in der Gegend wahrscheinlich jeden Winkel."

Olaf nickte. „Das ist meine kleine Welt. Da kenne ich jeden Pfad und jede Quelle. Ich weiß, wo die Biber leben und die Dachse, ich kenne die Füchse und die Wildschweine."

Tom sah zu Olaf und dann wieder zum See. „Hast du nie Sehnsucht gehabt zu verreisen und die große Welt kennenzulernen? Es gibt doch noch so viele andere interessante Orte."

Olaf setzte den Rucksack auf. „Ich bin früher auch ein paarmal weit gereist, aber ich bin nirgends angekommen. Ich war stets ein Besucher, der nicht aus seiner Haut konnte. Mein Herz schlägt für den See und den Wald und die Menschen und Tiere hier."

Tom blickte immer noch auf den See. „Ich glaube, mir wäre deine Welt zu klein. Du hältst nichts davon, dass Menschen gern verreisen?"

Olaf lächelte. „Ich freue mich, wenn sie gern unterwegs sind. Wenn es wirklich das ist, was sie begeistert und wofür ihr Herz schlägt, finde ich es wunderbar! Komm, lass uns weiterziehen!"

Sie wanderten ein Stück am See entlang und mussten bei den vielen Baumwurzeln und Steinen gut aufpassen, nicht zu stolpern. Der Trampelpfad war sicher auf keiner Wanderkarte verzeichnet. „Dort bei der alten Kiefer biegen wir ab!"

Tom sah die Kiefer, die direkt am Ufer stand, als hätte sie sich den Platz am Wasser ausgesucht. Ihre Wurzeln waren teilweise sichtbar, streckten sich sehnsuchtsvoll aus und klammerten sich ans Ufer, um dort Schutz und Halt zu finden. Er musste unwillkürlich an Olaf denken, der hier seine Wurzeln hatte.

Dann ging es in den Dschungel, so erschien es Tom. Dichtes Buschwerk wechselte sich mit kleinen und großen Bäumen ab. Ihm war unheimlich zumute. Plötzlich hörte er Affen rufen, die oben in den Baumwipfeln turnten. Erschrocken sah er hoch. Nein, es waren nur ein paar Vögel, die sich über die Besucher hier draußen wunderten. Nur langsam beruhigte er sich.

Nach etwa einer halben Stunde kamen sie zu einer großen, offenen Fläche, auf der nur wenige Bäume standen, hauptsächlich Birken. An einem einzelnen Laubbaum, vielleicht fünf Meter hoch, blieb Olaf andächtig stehen und setzte feierlich den Rucksack ab. „Weißt du, was das für ein Baum ist?"

Tom kratzte sich am Kopf und schaute sich den Baum genauer an. „Die Blätter könnten zu einer Eiche gehören. Aber dann würden wir ja Eicheln sehen."

Olaf nickte. „Sehr gut, eine Eiche. Und wenn du noch etliche Jahre hier wartest, kannst du vielleicht die ersten Eicheln sehen."

Tom sah zu Olaf, dessen Augen feucht glänzten. „Hat dieser Baum eine besondere Bedeutung für dich?"

Olaf schien auf diese Frage gewartet zu haben. „Die habe ich in dem Jahr gepflanzt, als Finn geboren wurde. Es ist sein Baum und er liebt ihn sehr. Und doch gehört der Baum nur sich selbst."

„Was für eine schöne Idee – ein Baum für deinen Enkelsohn."

„Lass uns noch ein Stück weitergehen, zu der großen Eiche, die du da hinten sehen kannst."

Fünf Minuten später waren sie angekommen. An dem riesigen Stamm stellte Olaf den Rucksack ab. Dann breitete er seine Arme aus. „Du von der anderen Seite!" Sie umarmten den Stamm. Tatsächlich, ihre Finger konnten sich so gerade eben berühren. „Gewaltig, nicht wahr? Die ist über 200 Jahre alt."

Tom blickte mit großen Augen zum Boden und dann zur Krone. Ehrfürchtig setzten sie sich neben den Baum. Olaf öffnete den Rucksack, holte zwei Wasserflaschen heraus und einige belegte Brote. „Das wird uns guttun."

Erst jetzt spürte Tom, wie durstig und hungrig er war. *Wie gut, dass Olaf vorgesorgt hat!*

Sie ließen sich viel Zeit bei ihrer einfachen Mahlzeit. Es gab so viel zu sehen und zu reden. Olaf streichelte mehrmals zärtlich über die Rinde der mächtigen Eiche. „Hier habe ich schon gesessen, als ich so alt war wie Finn heute. Es gab Brause und belegte Brote. Damals war der Baum noch viel größer und eindrucksvoller als heute – wenigstens in meiner Erinnerung." Beide blickten zum Baumriesen empor. „Ich liebe diesen Baum bereits, seit ich denken kann."

„Kommst du oft an diesen Ort", wollte Tom wissen, „und stattest ihm einen Besuch ab?"

Olaf schloss kurz die Augen, als würde er in seiner Erinnerung herumstöbern. „Du erinnerst dich an meine Krisentage, als ich Zuflucht in der Fischerhütte fand? Da bekam ich doch ein rundes gelbes Kärtchen mit der Frage: *Wovon bist du begeistert?* Am selben Tag bin ich noch hier zu dem Baum gekommen und habe mich genau dahin gesetzt, wo du jetzt sitzt. Mir war, als würde mein Baum mich verstehen und mir die Antwort zuflüstern. Aber natürlich gibt es keine Bäume, die reden."

Tom hatte mit roten Wangen zugehört. „Genauso wenig wie es Briefe gibt, die auf geheimnisvolle Weise vom Himmel gefallen sind, oder?"

Der Alte sah ihn fragend an. „Wie kommst du auf so einen Gedanken?"

Tom fühlte sich unwohl in seiner Haut, als hätte er etwas Verbotenes gesagt. Durfte er über die Briefe von G Doppelpunkt reden? „Also, in dem grünen Briefkasten, da lag", stotterte Tom, „da lag ein Brief …"

Olaf ließ ihm die Zeit, die er brauchte.

Dann erzählte Tom von den geheimnisvollen Briefen, zuerst stockend, dann immer schneller. Er beschrieb genau das handgeschöpfte Papier und das ungewöhnliche Wasserzeichen, erzählte davon, wie hin- und hergerissen er war zwischen Verärgerung, Neugier und Begeisterung, und zählte auch die vier Fragen auf, vom Abenteuer, der Sehnsucht, der Rose und den Dornen und schließlich von der Entscheidung.

Seltsamerweise schien Olaf nicht überrascht zu sein. „Der grüne Briefkasten und die Fischerhütte – da ist ein großes Geheimnis. Wir beide sind nicht die Einzigen, die das erlebt haben."

Tom redete noch weiter: „Dann warst du im Boot und sagtest: ‚Du musst dich schon entscheiden. Die Reise geht los.‘ Da war mir, als müsste ich meine Antwort geben, und bin gesprungen."

Beide schwiegen. Dann räusperte sich Tom unsicher. „Ich bin Realist. Natürlich hat Gott mir diese Briefe nicht geschickt." Er schluckte. „Aber wie sonst sollte er mir etwas Wichtiges mitteilen?"

Olaf sah ihm in die Augen. „Vielleicht spricht er durch dein Herz? Oder schenkt dir die Sehnsucht nach Freiheit und Weite? Vielleicht spricht er durch einen Baum, eine geheimnisvolle Melodie oder durch einen besonderen Menschen?"

„Oder durch eine Rose?", flüsterte Tom.

Und wieder schwiegen sie beide.

Schließlich stand Olaf auf und packte die leeren Flaschen in den Rucksack. „Ich glaube, du hast deine Entscheidung getroffen. Du wirst das tun, was dein Herz dir sagt." Er setzte den Rucksack auf. „Lass uns noch einmal zu der Eiche von Finn gehen."

Es tat Tom gut, sich wieder zu bewegen. Mehrmals drehte er sich um und blickte zurück zu der alten Eiche. Er stellte sich vor, dass sie vor vielen Generationen hier gepflanzt wurde – von einem Menschen, einem Eichhörnchen oder Eichelhäher. Oder vom Wind.

In einiger Entfernung von der kleinen Eiche hielt Olaf an. „Hast du schon einmal einen Baum gepflanzt?"

Tom schüttelte den Kopf. „Noch nie."

Olaf holte einen Stoffbeutel aus dem Rucksack. „Willst du?"

Tom sah ihn hilflos an. „Was ist das?"

Er öffnete den Beutel und nahm ein paar Eicheln heraus. „Das ist alles, was du zum Pflanzen brauchst."

Tom verstand immer noch nicht. „Was mache ich damit? Soll ich die hier ausstreuen?"

Olaf lächelte verständnisvoll. „Die müssen in die Erde, sonst werden sie gefressen. Hier ist ein kleiner Metallstab, damit stichst du ein Loch in die Erde, nur ein paar Zentimeter tief, und legst die Eichel hinein. Meine Erfahrung ist, dass immer einige durchkommen. Und die größte ist dann deine Eiche. Ich werde regelmäßig nach ihr sehen."

Er gab ihm den Beutel, der bis oben gefüllt war mit schönen Eicheln. Zuerst zögernd, dann immer begeisterter legte Tom die Eicheln in den Boden, immer in einem Abstand von mehreren Metern. „Toll, das ist ja wirklich einfach!"

Schließlich hielt er nur noch eine Eichel in der Hand. Er bewegte sie zärtlich zwischen seinen Fingern hin und her. „Kaum vorstellbar, dass daraus eines Tages ein großer Baum wird."

Er gab Olaf den Stab und den Beutel zurück und sagte nachdenklich: „Niemand von uns wird erleben, dass hier so ein großer Baum steht wie deiner."

Olaf nickte. „Du hast einen Anfang gemacht. Etwas Neues entsteht. Das reicht."

Schweigend gingen die beiden Männer zurück durch den Wald, der für Tom jetzt kein Dschungel mehr war, sondern ein Stück Natur, das leben und wachsen will. Als sie an der alten Kiefer ankamen, sagte Tom anerkennend: „Die mag ich. Die hat Charakter!"

Es dämmerte bereits, als sie ins Boot stiegen. Olaf ruderte geschickt Richtung Fischerhütte. Etwa in der Mitte des Sees rief Tom: „Ob wir gleich noch einmal die Sehnsuchtsmusik hören?"

Olaf hörte kurz auf zu rudern. „Ich glaube, das ist gar nicht nötig. Du bist längst infiziert." Beide lachten.

Dann schwiegen sie wieder. Als sie sich dem Ufer bei der Hütte näherten, sahen sie Fledermäuse, die wie fliegende Schatten durch die Lüfte tanzten.

Am Ufer nahm Olaf seinen jungen Begleiter lange in den Arm. Dann sprang er wieder ins Boot. „Übermorgen Abend kommen wir ans Lagerfeuer und grillen. Nicht vergessen!"

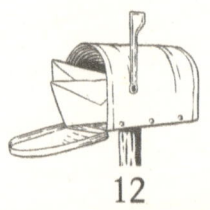

12
REHE UND AMEISEN
(Der zehnte Tag)

In dieser Nacht hatte Tom tief und fest geschlafen. Als er aufwachte, schien bereits die Sonne. Er sprang sofort auf und lief hinaus, wo ein strahlender neuer Tag auf ihn wartete. Übermütig streckte er die Arme zum Himmel und zog feierlich um die Fischerhütte, als wollte er sie neu entdecken. Am Briefkasten machte er kurz halt und schaute hinein. Er war leer.

Als er zur Hütte blickte, fiel ihm auf, dass sie sich über Nacht verändert hatte. Sie wirkte viel vertrauter als bisher, gerade so, als würde er schon lange hier leben. Der Wald war nicht mehr bedrohlich, sondern wirkte freundlich und einladend. Die Wolkenschiffe am Himmel luden ihn ein, sich ihnen anzuschließen, und der See war deutlich größer als bei seiner Ankunft vor wenigen Tagen. So wie schon gestern spürte er innen und außen eine große Freiheit und Weite.

Von der Seitenwand der Hütte grüßten zahlreiche hellrote Rosenblüten zu ihm herüber. Er lächelte ihnen zu, schlenderte langsam zurück und fühlte sich umgeben von Liebe und Aufbruch.

Als er am Frühstückstisch saß, fiel ihm auf, dass die Rose im Glas den Kopf hängen ließ. Einige Blütenblätter lagen daneben auf dem Tisch. „Ich habe es geahnt", flüsterte er. Für einen Moment schien wieder ein Schatten auf seine gute Laune zu fallen. Zweifel fegten durch den Raum und versuchten, seine Seele zu verdunkeln. Da dachte er an den Baum, den er gepflanzt hatte, und an die vielen Blüten an der Hauswand. Er lächelte. *Es geht weiter!*

Nach dem Essen ging er hinaus zu den Rosen und suchte sich ein besonders schönes Exemplar aus, das er kurze Zeit später in die Hütte mitnahm und in das Glas stellte.

Anschließend goss er sich noch einen Kaffee ein, nahm die verblühte Rose und den Becher und ging hinunter zum Bootsanleger. Er setzte sich auf die Bohlen und warf die Rose ins Wasser, wo sie auf den Wellen schaukelte und langsam hinaustrieb. *Danke.* Lange blickte er ihr nach. Dann legte er sich rückwärts auf den Steg, blickte zum Himmel und hörte unter sich das Plätschern der Wellen. Er dachte zurück an die abenteuerliche Bootsfahrt gestern, an die Sehnsuchtsmusik und den neuen Anfang.

Als er wieder aufstand mit dem leeren Becher in der Hand, entdeckte er am Ufer nur etwa zehn Meter entfernt einen Fischreiher. Der stand völlig bewegungslos im seichten Wasser. Fasziniert sah Tom in seine Richtung. *Ist der wirklich echt?* Ja, seine Federn bewegten sich leicht im Wind. Tom bewunderte die Ausdauer des großen Vogels, der hier auf seine Beute wartete. Er blieb wie angewurzelt stehen, so wie der große Vogel, vergaß die Zeit und spürte, dass er dazugehörte – zu etwas Größerem.

Irgendwann machte er sich auf den Weg zurück zur Hütte. Plötzlich musste er grinsen. Er dachte an Finn, der ihm erzählt hatte, dass er hier regelmäßig die Fischreiher vertrieb. Doch die kamen immer wieder zurück.

Die Sonne hatte bereits ihren Höhepunkt erreicht, als sich Tom zu einer zünftigen Wanderung in den Wald entschloss. Er spürte nicht nur eine unbändige Abenteuerlust, sondern auch neue Kräfte, die ihn antrieben zu einer echten Herausforderung. Statt vor der Rose zu sitzen und auf sein Notizbuch zu starren, brauchte er mal wieder den Dschungel.

Nur wenige Minuten hielt es ihn auf dem offiziellen Wanderweg. Dann bog er ab und folgte wieder einmal einem schmalen Pfad, auf dem wohl nur höchst selten Menschen unterwegs waren. Von solchen Wegen hatte er als Junge immer geträumt. Jetzt war er mittendrin.

Begeistert kämpfte er sich durch dichtes Gebüsch und kletterte über Baumriesen, die vom Sturm entwurzelt waren. Sein Gesicht schmerzte von den Zweigen und Dornen, er schwitzte und spürte alle Muskeln – und war glücklich.

Plötzlich wurde es heller und eine große Lichtung lag vor ihm. Übermütig warf er sich ins Moos. *Jetzt brauch ich eine Pause!* Er drehte sich auf den Rücken und schaute fasziniert zum Himmel. Mit seinem Blick folgte er einigen Baumwipfeln, die im Wind leicht hin und her schwankten. *Wie lange die hier wohl schon verwurzelt sind?*

Da hörte er Zweige knacken. Vorsichtig setzte er sich auf und sah sich um. Drei Rehe ästen nicht weit von ihm und schienen ihn nicht zu bemerken. Er dachte an den Fischreiher, der genauso wie die Rehe hier eine Heimat hatte – und wie die Ameisen, die den Abenteurer gerade entdeckt hatten und dabei waren, ihn näher zu erkunden.

Tom wartete ab, bis die Rehe weiterzogen und bald darauf mit wenigen grazilen Sprüngen im Wald verschwunden waren. Erst jetzt stand er auf, schüttelte die Tannennadeln und Ameisen ab und zog weiter, voller Ehrfurcht vor dem vielfältigen Leben um ihn herum.

Nach einer langen, anstrengenden Stunde fühlte er sich wie ein mutiger Entdecker, der die Wildnis durchstreift, obwohl ihm die Füße wehtaten. Wie getrieben zog er immer weiter in unbekanntes Gebiet. Plötzlich durchzuckte es ihn: *Wo bin ich? Wie komme ich wieder zurück?* Er hatte völlig die Zeit vergessen und die Orientierung verloren. Der Blick zur Sonne zeigte ihm, dass der Abend nahte. *Die Sonne!* Er versuchte, die Richtung zur Hütte zu schätzen – Westen oder Norden?

Tom stolperte weiter und malte sich schon aus, im Wald übernachten zu müssen. Das große Abenteuer fühlte sich gar nicht mehr so abenteuerlich an. Dann blieb er stehen und schloss kurz die Augen. *Jetzt ganz ruhig bleiben!* Er lächelte und dachte an Finn, der jetzt bestimmt seinen Spaß hätte bei der Expedition ins Unbekannte. Und an Olaf, der ihn ermunternd anblicken würde.

Gerade als Tom sich noch einmal Mut zusprach, hörte er in der Ferne vertraute Klänge. *Das ist Christina!*, war er fest überzeugt. Er fand, dass es die süßesten Töne waren, die er jemals gehört hatte. Neue Kräfte flogen ihm zu, als er der Richtung folgte, aus der die Klänge kamen. Er ging weiter, lief und stolperte, bis er in der Ferne ein Stück vom See matt durch die Bäume schimmern sah. Keine fünf Minuten später erblickte er das alte Bootshaus von Christina. Die letzten Sonnenstrahlen fielen auf eine junge Frau, die mit ihrer Flöte am Ufer stand, wunderschöne Töne und eine geheimnisvolle Melodie zauberte und sich zwischendurch dazu bewegte, als würde sie schweben und als wäre sie nicht von dieser Welt. Tom setzte sich auf den Waldboden und ließ sich verzaubern.

Als die letzten Töne verklungen waren, blieb er noch lange sitzen. Es war fast völlig dunkel, als er sich still erhob und auf den Heimweg machte – auf dem bequemen, breiten Wanderweg.

13

DIE ROSE IM WALD
(Der elfte Tag)

Gerade als Tom erwachte, ging die Sonne auf. Sofort hatte er wieder die geheimnisvolle Musik im Ohr, der er gestern so intensiv gelauscht hatte. Etwas war in ihm geweckt worden, was sein Herz schneller schlagen ließ. War es die Wehmut über nicht gelebtes Leben, die in den ersten Klängen mitschwang? Oder war es die unbändige Lebensfreude, die mit jedem Ton zunahm und die ihn auch jetzt wieder ergriff?

Fröhlich summte er vor sich hin, als er das Feuer anzündete und das Wasser auf den Herd stellte. Dabei dachte er an das Lagerfeuer, an dem er heute Abend mit Finn und Olaf sitzen würde. *Am See sitzen und grillen, das ist großes Kino!* Und vorher? Er überlegte und entschied sich, erst einmal zum Briefkasten zu laufen.

Draußen wehte ein frischer Wind und die Wolken zogen munter über ihn hinweg. Er drehte sich mehrmals übermütig im Kreis und hielt dabei die Arme weit auseinander. Als er dann in den Briefkasten blickte, durchzuckte es ihn: Post für *TOM*! Wieder drehte er sich mehrmals um die eigene Achse, bis er leicht benebelt in der Hütte ankam. Den Brief legte er auf den Tisch. *Wieder eine Frage oder endlich eine Antwort?*

Dann trank er den ersten Schluck heißen Kaffee. *Herrlich!* Anschließend nahm er den Brief, holte sein Taschenmesser heraus und öffnete es wie immer mit beiden Händen. Er ließ sich viel Zeit, obwohl er am liebsten so wie Katharina „Jetzt mach schon!" gerufen hätte. Vorsichtig schlitzte er den Brief auf und griff mit Daumen und Zeigefinger hinein. *Wieder eine Karte!*

Als er sie aus dem Umschlag genommen hatte, legte er sie andächtig vor sich auf den Tisch.

Welches Fest feierst du heute?
G:

Was soll ich? Er schüttelte ungläubig den Kopf. *Ein Fest feiern?* Tom überlegte angestrengt. War heute ein Feiertag, den er vergessen hatte? Gab es einen besonderen Grund zu feiern? Er legte die Karte behutsam und ratlos zurück und entschied sich, erst einmal sein unterbrochenes Frühstück fortzusetzen.

Er biss ein Stück Brot ab und begann zu kauen. Erstaunlich, das Landbrot schmeckte wunderbar würzig. *Warum habe ich das in den vergangenen Tagen nicht so intensiv gespürt?* Er war auf den Geschmack gekommen und kaute genüsslich weiter. *Der Biokäse schmeckt nach Wiesenkräutern und hat im Abgang eine nussige Note.* Er musste lachen, weil er beim Käse mit Worten jonglierte, die er sonst nur bei einem guten Rotwein benutzte. Dann nahm er ein Stück Tomate und konnte es kaum fassen, welche köstlichen Aromen sich in seinem Mund entfalteten.

Ungläubig lächelnd schüttelte er den Kopf. *Ich bin ja schon mittendrin in einem Fest der Sinne. Wenn das so weitergeht, komme ich heute gar nicht mehr aus dem Feiern heraus!* In Gedanken saß er beim Grillen am Lagerfeuer – das nächste Fest.

Nach dem Frühstück dachte er immer noch an die Frage nach dem Fest. Er entschied sich, zur Feier des Tages noch einmal zum Aussichtsturm zu wandern und auf dem Rückweg vielleicht ein paar Pfifferlinge für das Mahl am Lagerfeuer zu sammeln. Ermutigt durch das besondere Frühstückserlebnis konnte er sich vorstellen, dass auch in den kleinen Dingen ein Stück Feiertag im Alltag zu erleben wäre.

Den Weg zum Aussichtsturm fand er dieses Mal sofort. Er dachte an Olaf, der hier jeden Weg und vielleicht auch jeden Baum kannte. Plötzlich grinste er. Das Schild „Betreten auf eigene Gefahr!" mahnte immer noch zur Vorsicht. Beschwingt kletterte er auf den Turm. Oben angekommen, lag alles vor ihm, der See mit seinen vielen Buchten, die Wälder und Wiesen drum herum und sogar das Dorf, in dem er die köstlichsten Zimtschnecken seines Lebens entdeckt hatte. Auf der anderen Seite des Sees, irgendwo versteckt, warteten seine Eicheln darauf, eines Tages zu einem großen Baum zu werden und großzügig neue Eicheln zu verschenken.

Lange stand er dort oben und versuchte sich zu orientieren. *Da muss die Fischerhütte stehen, aber vor lauter Bäumen ist sie nicht zu sehen.* Plötzlich war ihm, als würde er einer anderen Welt begegnen. Er begann zu hören, den Wind in den Bäumen, die Vögel, die knarrenden Balken des Turms. Er begann zu riechen, die Blätter und das Holz und die Ferne. Er begann zu fühlen, die Liebe zur Natur, die Weite und die Freiheit. *Vielleicht ist das mein Fest, dass ich am Leben nicht nur vorbeirausche, sondern dass ich eintauche. Er lächelte. Wie soll ich das nennen? Vielleicht Liebe?*

Als er schließlich den Turm hinuntergeklettert war und den Heimweg antrat, spürte er, dass in ihm etwas erwacht war, was lange vor sich hin geschlummert hatte. Er freute sich, dass es in seinem Leben seit ein paar Tagen so viele neue Farben gab.

Auch den Weg zu den Pilzen fand er ohne langes Herumirren, und selbst die Dornen konnten ihn nicht aufhalten. Dann sah er die Pfifferlinge so schön leuchtend vor sich, als würden sie die Einladung aussprechen, sich zu bedienen. Er erinnerte sich an die Worte von Christina: „Nimm so viel du essen kannst, nicht mehr. Das ist unser Gesetz hier draußen." Er holte sein Taschenmesser heraus. *Ein gutes Gesetz,* fand er. *Unsere Welt sähe anders aus, wenn sich alle daran halten würden.*

Nach ein paar Minuten hatte er genügend Pilze in seine Jutetasche gefüllt. *Finn, Olaf und ich – das reicht. Auf zur Hütte, das Fest geht weiter!*

Als Tom zurück war, entschied er sich dafür, erst einmal eine kleine Mittagspause einzulegen. Er setzte sich gemütlich auf die Anlegestelle, blickte zum See und genoss das schöne Panorama. In Gedanken zog der Ausflug vom Vormittag noch einmal an ihm vorbei. Er erinnerte sich an seine neue Erkenntnis: *Vielleicht ist das mein Fest, dass ich am Leben nicht nur vorbeirausche, sondern dass ich eintauche.*

Wie vom Blitz getroffen fuhr er hoch. *Am Leben teilnehmen, das heißt: ins Leben eintauchen!* Wenige Augenblicke später schwamm er wieder übermütig im See, prustete Wasser in die Luft und tauchte unter, so wie vorher die Stockenten, die ihm jetzt aufgescheucht das Feld überließen. Er fühlte sich wie ein Fisch im Wasser, wie ein Vogel in der Luft, ein Reh im Wald oder ein Baum im Sturm. *Was für ein Leben!*

Wieder kam er sich vor wie ein echter Abenteurer. Doch etwas später spürte er, dass auch Abenteurer frieren können.

Schnell lief er zurück, trocknete sich gründlich ab und zog sich warm an. Er legte etwas Holz im Herd nach, um sich nachher einen Kaffee aufbrühen zu können, und setzte sich gemütlich in eine flauschige Decke gehüllt auf die Veranda. *Hoffentlich sieht mich so niemand!* Er freute sich bereits auf das nächste Fest.

Plötzlich hörte er Schritte. Er blinzelte nach links und rechts, da sah er Christina, die nur noch wenige Meter von ihm entfernt war. Sofort warf er die Decke auf den Boden und rutschte zur Seite. „Christina, was für eine schöne Überraschung!"

Sie setzte sich neben ihn, ohne zu fragen. „Geht's dem Abenteurer auch gut?", fragte sie und setzte eine besorgte Miene auf.

„Ja, doch", stotterte er, „alles in Ordnung." Er überlegte kurz. „Mir ist heute zum Feiern zumute. Darf ich dich zu einem Kaffee einladen?"

Sie zeigte keine Reaktion.

„Oder auf einen Tee, natürlich!"

Sie reagierte immer noch nicht auf die Frage, drehte sich zu ihm und schaute ihm mit dem immer noch besorgten Gesichtsausdruck in die Augen. Dann sagte sie ohne besondere Betonung: „Irgendwie langweilig, oder?" Sie stand auf. „Hast du Lust auf einen Ausflug?"

Er sah sie verdutzt an. „Jetzt sofort?"

Sie grinste. „Soll ich hier bis morgen warten?"

Tom entschied sich, spontan zu sein. „Einverstanden!"

Erst jetzt kam er dazu, sie näher zu betrachten. Wie immer standen ihre kurzen Haare keck in alle Richtungen. Sie trug einen braunen Overall aus Cord und darunter ein schwarzes Shirt. Ihre runden Ohrringe, Tom musste genau hinschauen, waren aus Holz, vielleicht sogar selbstgefertigt. *Ob sie die bei unseren früheren Begegnungen auch getragen hat?* Tom versuchte, sich zu erinnern.

„Träumst du?", fragte sie belustigt. „Los geht's!"

Sie zeigte in eine Richtung, in die er noch nie gegangen war. Tom lief aufgeregt neben ihr.

„Ich liebe Rosen", sagte sie und drehte sich kurz zu ihm. „Immer wenn ich bei der Fischerhütte bin, freue ich mich über die hellroten Rosen dort." Sie ging schneller. „Heute werde ich dir eine besondere Rose zeigen."

Er antwortete nichts, aber wunderte sich, dass Christina ihn dazu tief in den Wald führte. Nach einer halben Stunde hielt sie kurz an. „Wir kommen jetzt in ein Gebiet, das kaum ein Mensch außer mir kennt. Ich nenne es Niemandsland." Langsam ging sie weiter. „Ich will dir eine Geschichte erzählen, eine wahre Geschichte."

Gespannt blickte er sie an.

„Vor etlichen Jahren gab es in unserer Gegend ein furchtbares Gewitter. Es tobte fast die ganze Nacht. Immer wieder wurde es durch die Blitze taghell. Ein Blitz schlug in einem Reetdachhaus ein, das sofort brannte. Das Ehepaar, das dort wohnte, überlebte das Feuer nicht, nur ihre 15-jährige Tochter konnte gerettet werden.

Das Mädchen war hinterher wochenlang kaum ansprechbar. Nur mit ihren Großeltern redete sie noch. Im November ging ihr Opa mit ihr hier in den Wald und zeigte ihr eine Buche, in die in derselben Nacht ein Blitz eingeschlagen war. Sie war völlig verkohlt. Das Mädchen hielt sich entsetzt die Hand vor seine Augen. Dann gingen sie ungefähr 100 Meter weiter. Dort auf einer Lichtung stand ein Rosenstock. Ihr Opa legte liebevoll die Hand auf ihre Schulter. ‚Den habe ich vor zwei Wochen für dich gepflanzt‘, sagte er mit warmer Stimme. ‚Er will dir zeigen, dass das Leben weitergeht.‘

Es berührte sie sehr, aber sie blieb auch in den nächsten Monaten in sich zurückgezogen. Im nächsten Sommer nahm er seine Enkelin wieder mit zu der Rose. Sie blühte. Sie blühte dunkelrot und war wunderschön.

Da begann auch das Mädchen wieder zu blühen, wenigstens ein bisschen. Mehrmals im Jahr besuchten die beiden ihre Rose. Der Großvater sorgte dafür, dass die Rose gesund blieb und genügend Nährstoffe erhielt. Nur den Baum wollte das Mädchen nicht sehen. Er erinnerte sie zu sehr an das Unglück." Christina schluckte mehrmals.

„Nach drei Jahren traute sie sich zum ersten Mal, den Baum von Nahem zu betrachten. Da entdeckte sie direkt neben der alten eine junge Buche, vielleicht einen Meter hoch. Es sah aus, als würde sie zu dem abgestorbenen Stamm gehören. An diesem Tage hat das Mädchen seine alte Lebensfreude wiedergewonnen."

Tom hatte still und betroffen zugehört. „Eine traurige und Mut machende Geschichte. Leben das Mädchen und der Großvater noch?"

Sie schüttelte den Kopf. „Der Großvater nicht mehr."

Tom sah sie fragend an. „Und die Rose? Wer sorgt heute für die Rose?"

Sie lachte, als würde sie sich für die Rose freuen. „Heute sorge ich für sie."

In dem Augenblick fasste sie ihn an den Arm. „Wir sind da. Das ist meine Rose. Und sie blüht immer noch und immer wieder."

Sie blieben stehen und sagten minutenlang kein Wort. Tom war wie verzaubert. *Eine Rose im Wald, das ist wie ein Wunder.* Dann ging sie weiter. „Siehst du, dort, die Reste vom Baum."

Tom war ihr langsam gefolgt. Irritiert blickte er sich um. „Schade, dass die kleine Buche nicht mehr da ist. Nur hier, die große, die ist bestimmt weit über fünf Meter hoch."

„Ja", sagte sie nachdenklich, „wir werden alle älter."

Erst auf dem Rückweg traute sich Tom, sie zu fragen: „Sind keine Wunden bei dem Mädchen zurückgeblieben? Du wirkst immer so selbstbewusst und mutig."

Sie lächelte. „Na ja, jeder Mensch hat seine kleinen oder großen Wunden. Einige kommen nie darüber hinweg, andere sind wieder aufgeblüht und machen aus allem das Beste. Ich habe mich entschieden." Sie breitete die Arme aus und drehte sich übermütig um die eigene Achse. „Ich liebe das Leben und die Rosen und das Gewitter. Ich liebe den Wald und freue mich, wenn das Holz zu mir spricht."

In der Ferne sahen sie schon wieder die Fischerhütte. Tom hatte noch eine Frage: „Du bist aber eine Einzelgängerin geblieben?"

Sie sah ihn lächelnd an. „Ich mag Menschen, hast du das noch nicht gemerkt? Ich gehe meinen eigenen Weg, ohne fortzugehen. Ich liebe die Menschen hier, auch wenn sie mich nicht immer verstehen. Ich bin eine von ihnen und ganz anders."

Sie summte noch etwas, als würde sie sich so besser ausdrücken können als mit Worten. Tom kamen die Töne bekannt vor. „Hast du eine Musik, die dir besonders gefällt?"

Sie blickte ihn skeptisch an. „Wieso fragst du?" Dann küsste sie ihn auf die Wange und drehte sich um. „Feier noch schön weiter! Und wenn du es wirklich wissen willst – sie fängt traurig an und wird am Ende immer fröhlicher und hoffnungsvoller."

Tom blieb stehen und sah ihr lange nach. Dann ging er zum Brunnen, trank einen großen Schluck und blickte zu den Rosen, die dort am Haus standen und ihm zulächelten. *Wer die wohl einmal gepflanzt hat?*, sinnierte er. *Und warum?* Er ging nachdenklich zurück in die Hütte. *Auf jeden Fall wurden mit den Rosen auch ganz viel Freude und Hoffnung gepflanzt.*

Tom füllte einen Korb mit Holz. *Höchste Zeit, das Feuer zu entzünden! Wie schön, dass heute Feiertag ist!*

Eine halbe Stunde später brannte das Feuer. Tom nahm den bereitstehenden Eimer, ging zur Anlegestelle und füllte ihn bis oben mit Seewasser. Aufgekratzt trug er ihn zurück.

Die Sonne näherte sich langsam dem Horizont, während er dasaß und ins Feuer blickte. Er liebte es, den zuckenden Flammen zuzuschauen und zu träumen. So hatte er es als Kind schon gern getan.

Plötzlich war in der Ferne auf dem See ein kleiner heller Punkt zu sehen, der langsam größer wurde und Farbe annahm, bis er hellblau war. Zwei Männer, die er inzwischen so gut kannte, waren zu sehen. Der kleine saß am Ruder und schien mächtig stolz zu sein.

Schnell stand Tom auf, winkte aufgeregt und ging hinüber zur Anlegestelle. Als das Boot anlegte, stand Tom bereit und nahm unter großem Hallo eine Kiste entgegen, die Olaf ihm herüberhob. *Ganz schön schwer,* fand Tom. *Was da wohl drin ist? Sollen wir das alles essen?* Finn vertäute inzwischen das Boot so geschickt wie ein alter, erfahrener Seemann.

Als sie bei der Feuerstelle angekommen waren, sah Olaf auf die brennenden Holzscheite und blickte in den Eimer. Er nickte. Dann öffnete er die Holzkiste und holte ein großes Schneidebrett heraus, dazu etliche Kartoffeln, Zwiebeln und Paprika. „Was der Garten so hergibt! Das müssen wir jetzt kleinschneiden. Wer hat Lust?"

Tom holte sofort sein Taschenmesser heraus. Als Finn das sah, fragte er: „Darf ich?"

Tom reichte ihm das Messer. „Ich habe auch noch etwas beizutragen. Ich hole es mal aus meiner Spezialitätenküche." Schon war er unterwegs zur Hütte.

Als Tom zurückkam, trug er in einer Hand eine Schale mit den gesäuberten Pilzen. In der anderen Hand hatte er einen Korb mit mehreren Flaschen Bier, Wasser und Saft.

„Fantastisch, du hast tatsächlich Pfifferlinge gefunden!", staunte Olaf und nahm sie freudig in Empfang. Er hatte inzwischen drei kleine, gusseiserne Pfannen aus der Kiste geholt und stellte sie so geschickt ins Feuer, dass sie dort sicher standen. Er goss Öl hinein und gab nach einiger Zeit erst einmal je eine Portion Kartoffelstücke dazu.

Finn setzte sich nach getaner Arbeit zu Tom und gab ihm das Messer zurück. „Das schneidet super! Übrigens habe ich letzte Nacht im Haus geschlafen."

Tom sah ihn fragend an. „Ja, hast du? Wie …?"

Finn gluckste vergnügt. „Im Baumhaus. Ich habe es eingeweiht."

Tom dachte sofort an seine Kindheit und die Nächte im Baumhaus. „Herzlichen Glückwunsch! Das war bestimmt aufregend. Konntest du überhaupt schlafen?"

„Na klar!"

„Und deiner Mutter hast du nichts gesagt?"

„Natürlich nicht, ich habe ein Kissen und eine Decke geschnappt und bin umgezogen. Du weißt doch, dass ich so etwas heimlich mache. Ich bin doch kein Kind mehr."

Tom schmunzelte. „Hoffentlich musstest du nicht verhungern in deinem neuen Haus."

Finn schüttelte den Kopf. „Ach was, ich hatte Brause dabei und im Baumhaus stand ein Teller Kekse. Keine Ahnung, wo der herkam!" Er gluckste.

Inzwischen roch es bereits verführerisch nach Abenteuerküche. Olaf holte eine Lederhülle, die genau über den heißen Pfannengriff passte. „Wir essen aus der Pfanne, wie wilde Männer das lieben." Er zwinkerte Tom zu und gab ihm die erste Portion. „Vorsicht, heiß, nicht anfassen!"

„Meine Pfanne kannst du gleich danebben stellen", machte Finn deutlich. „Ich bleibe bei Tom sitzen."

Es schmeckte köstlich. „Olaf ist der beste Koch der Welt", schwärmte Finn schmatzend.

Tom nickte zustimmend mit vollem Mund. Etwas später sah er zu Olaf: „Danke für eine tolle Mahlzeit. Ich gebe dir drei Sterne."

Finn zeigte zum Himmel und sagte trocken: „Da gibt's noch mehr." Er wartete kurz, dann gluckste er wie gewohnt.

Jetzt merkten auch die beiden Älteren, dass längst eine sternklare Nacht begonnen hatte. Tom blickte verträumt zu den Sternen. „So etwas sieht man in der Stadt leider nicht. Da ist die Konkurrenz zu groß." Als er ihre ratlosen Blicke sah, fügte er schnell hinzu: „Wo die Nächte taghell sind, erblassen die Sterne."

Alle schwiegen und schauten nach oben. Da räusperte sich Tom. „Ich habe heute etwas Unglaubliches erlebt. Ich habe einen Baum gesehen, in den vor Jahren der Blitz eingeschlagen hat. Er ist inzwischen schon halb vermodert. Doch an derselben Stelle ist ein neuer Baum gewachsen. Das ist wie ein Zeichen. Ich meine ein Zeichen, dass es weitergeht."

Es war ihm anzusehen, dass er immer noch geflasht war von dem Erlebnis. Olaf wartete kurz, dann sagte er fast andächtig: „Das ist wie ein großes Versprechen." Wieder kehrte Stille ein.

Dann sah Olaf zu Tom. „Ich will dir etwas verraten. Ganz in der Nähe des Baums, ungefähr 100 Meter Richtung Osten, kannst du eine Überraschung erleben. Dort steht ein wunderschöner, blühender Rosenstock, den es hier eigentlich gar nicht geben dürfte. Es kommt mir manchmal so vor, als würden Hoffnung und Freude draußen im Wald ein Fest feiern.“

Tom schluckte und sagte kein Wort. Vor seinem inneren Auge sah er die Rose im Wald, dazu tanzte eine junge Frau mit kurzen, chaotischen Haaren und schickte eine wunderschöne Melodie durch den Wald und über den See.

In diesem Augenblick rutschte Finn von seinem Sitz. „Vorsicht“, rief Olaf, „du willst doch nicht einschlafen, oder?“

Tom half ihm wieder hoch. „Du hast wohl doch nicht so gut geschlafen heute Nacht.“

Finn stand verdattert auf. Er war noch etwas benebelt. „Rudern wir jetzt zurück?“

Olaf packte alles zusammen. „Es ist schon spät. Tom, es war ein schöner Abend. Bevor du abreist, komme ich noch einmal vorbei.“

Schnell war die Kiste im Boot verstaut. Kurz danach hörte Tom nur noch das Eintauchen der Ruder und das gleichmäßige Plätschern am Boot.

Er blieb noch einen Augenblick am Feuer sitzen, das langsam verlöschte. *Was für ein Fest!*, dachte er. *Der ganze Tag!*

14

DER ZAUBERKORB
(Der zwölfte Tag)

Tom lag halbwach im Bett und döste noch etwas vor sich hin. Er genoss es, den nächtlichen Schlaf langsam ausklingen zu lassen. Zögernd öffnete er die Augen. Hatte der Tag schon begonnen? Er überlegte. So richtig hell war es noch nicht. *Eine Minute gönne ich mir noch!*

Eine halbe Stunde später stand er auf. Benommen torkelte er zum Fenster im Schlafraum, öffnete es und lehnte sich weit hinaus. Er zuckte zurück. Es regnete und war kalt. Der Tag hatte längst begonnen, aber die Sonne war hinter dichten Wolken versteckt. Es sah nach Herbst aus und es roch nach Herbst.

Er beschloss, den Tag so fortzusetzen, wie er ihn begonnen hatte – in aller Ruhe. Als etwas später das Feuer im Herd brannte, genoss er die Wärme, die bis zum Tisch zu spüren war. *Wie gut, dass wir einen Kombiherd haben*, dachte er lächelnd. *Herd und Ofen in einem!*

Er hatte dem ersten Schluck Kaffee bereits entgegengefiebert, als das Wasser zu kochen begann und er sein Lieblingsgetränk aufbrühen konnte. Dann war es so weit – der heiße Kaffee floss seine Kehle hinunter und wärmte ihn jetzt auch von innen. Er atmete tief durch. Zum Frühstück gab es das letzte Ei aus dem Zauberkorb von Katharina. *Die Vorräte reichen noch genau für die letzten zwei Tage,* rechnete er sich zufrieden und zugleich etwas wehmütig vor. Und wieder dachte er an die Worte von Christina: „Nimm so viel du essen kannst, nicht mehr. Das ist unser Gesetz hier draußen." Er dachte an sein komfortables Leben in der Stadt. *Vielleicht verstehen die Menschen hier mehr vom Leben als wir?*

Er lehnte sich gemütlich in seinem Stuhl zurück und ließ den Blick herumschweifen. Der gusseiserne Herd und die karge Einrichtung waren ihm ans Herz gewachsen. Seine Gedanken begannen zu wandern. Wie am Morgen im Bett fielen ihm die Augen zu.

Plötzlich ging das Licht an. Im selben Augenblick öffnete sich die Tür und mehrere Handwerker stürmten herein. In Windeseile wuchteten sie den Herd durch die Tür ins Freie und rissen die Bodenbretter heraus. Anschließend verlegten sie eine Fußbodenheizung und verschiedene Kabel und Leitungen. Sofort war der Boden wieder geschlossen mit handgefertigten italienischen Fliesen. Augenblicke später wurde eine Designerküche eingebaut mit Grill und Dampfgarer und allen denkbaren Finessen. Die moderne Kaffeemaschine, die folgte, ließ sein Herz schneller schlagen. Inzwischen gab es einen Stau, weil verschiedene Lieferanten gleichzeitig einen Backautomaten brachten, Eiswürfelbereiter, Weinkühlschrank, Kochinsel …

Tom zuckte zusammen. Er war halb vom Stuhl gerutscht und fühlte sich elend. Verängstigt öffnete er die Augen – der alte Herd stand noch auf seinem Platz und auch sonst hatte sich nichts in der Hütte verändert. Er atmete tief durch und dachte wieder an Christina. Dann stand er auf und schüttelte sich, als wollte er den Albtraum so schnell wie möglich vergessen.

*Ich werde mein Leben verändern, aber nicht mit handgefertig-
ten italienischen Fliesen und einer modernen Kaffeemaschine!* Er
setzte sich wieder und legte die fünf geheimnisvollen Karten nebeneinander vor sich auf den Tisch. *Die 5 Fragezeichen,* dachte er
grinsend. *Die Zukunft wird zeigen, wie hilfreich sie sind.*

Vorsichtig nahm er die erste Karte in die Hand. *Was ist dein
Abenteuer?* Er dachte an die vergangenen Jahre. Alles war grau
gewesen und hatte sich klebrig angefühlt. Er hatte aufgehört zu
träumen. Und das Abenteuer? Das war längst aus seinem Leben
verschwunden. Dann fiel ihm ein, wie er gestern übermütig im
See geschwommen war. *Ins Leben eintauchen,* überlegte er, *vielleicht ist das der Anfang eines abenteuerlichen Lebens?*

Andächtig legte er die Karte zurück. *Eigentlich ist es doch egal,
wer mir den Brief geschrieben hat,* entschied er. *Die Hauptsache ist
doch, dass sich etwas in meinem Leben ändert!*

Er nahm die zweite Karte in die Hand. *Wohin führt dich deine Sehnsucht?* Dabei dachte er an Christinas geheimnisvolle Musik, in der so viel Hoffnung und Freude mitschwang. Er dachte
an den Zug der Wildgänse und an eine Handvoll Eicheln. Nachdenklich stand er auf und ging auf die Veranda. Er stellte sich
unter das schützende Vordach und blickte zum See. Sofort fühlte
er Weite und Freiheit und wusste, dass er nie wieder hinter seine
neuen Erfahrungen zurückfallen würde. Noch lange blieb er dort
stehen, bis ihm kalt wurde und er wieder in die Hütte ging.

Tom fand, dass es Zeit war für einen heißen Kräutertee. Das
Wasser brodelte immer noch auf dem Herd. Behutsam brühte
er den Tee auf und schon wenige Minuten später trank er den
ersten Schluck. Das tat gut! Vor ihm lag jetzt die dritte Karte.
Liebst du die Rosen oder die Dornen? Kopfschüttelnd dachte er
zurück an den Bericht in einer Zeitschrift. Dort hieß es, dass es

113

gelungen sei, Rosen ohne Dornen zu züchten. Für ihn stand fest, dass zu jedem Leben Hindernisse und Enttäuschungen gehören. Er schmunzelte. *Und zu jeder Rose gehören Dornen.*

Die Karte legte er zurück und betrachtete alle fünf auf einmal – ausnahmslos in schwungvoller Schrift geschrieben. Sie waren längst Teil seiner neuen Reise geworden – einer Reise zu sich selbst und weit darüber hinaus.

„Wie entscheidest du dich?", las er jetzt laut, obwohl er allein in der Hütte war. Oder doch nicht? Erstaunlicherweise fühlte er sich weder allein noch einsam, weshalb auch immer. In Gedanken stand er noch einmal unentschlossen auf dem Bootssteg, bis er ins Boot sprang und seine Reise über den See begann. *Ich habe mich entschieden und bin gesprungen. Aber ich bin sicher, dass ich noch oft springen werde.*

Jetzt wartete die fünfte Karte auf ihn. *Welches Fest feierst du heute?* Andächtig wärmte er die Hände an der Tasse. Für ihn stand fest, dass das Leben nicht mehr an ihm vorbeirauschen würde. *Kein Einheitsbrei mehr! Ich liebe das Leben!*

Tom stand auf, als wäre fürs Erste alles gesagt. *Die Fragezeichen bleiben!*, entschied er. *Damit ich niemals denke, ich sei am Ziel. Ich werde weiter nach den Antworten suchen, die nur ich allein geben kann.*

Er zog seine Regenjacke an und ging beschwingt hinaus. Es regnete noch ein wenig, war aber nicht mehr so kalt wie am Morgen.

Seinen kleinen Rundgang begann er am Lagerfeuerplatz. Da hatte er gestern Abend mit Finn und Olaf gesessen. Er dachte an ihre kleine Männerrunde, an das Feuer und ihre Gespräche. Jetzt erinnerten nur noch ein paar verkohlte Holzreste daran. Doch seine Wehmut hielt sich in Grenzen. *Das war so intensiv gestern,* machte er sich deutlich, *es war eine Erfahrung, die ich mitnehme in mein neues Leben.*

Nachdenklich ging er weiter zur Bootsanlegestelle. Vorsichtig traute er sich auf die glitschigen Bretter und blickte auf den See. Kein hellblaues Ruderboot kam langsam näher. Kein Sonnenstrahl wärmte ihn. Und doch war alles da, wenn er die Augen schloss.

Er blickte zum Briefkasten, der ihn in den vergangenen Tagen so magisch angezogen hatte. Er erwartete keine neue Nachricht mehr. Was gesagt werden musste, war gesagt und gefragt worden. Trotzdem ging er hinüber, hob den Deckel hoch und sah hinein. Er war leer. Oder auch nicht leer, weil es ihm so vorkam, als würde dort ein Geheimnis verborgen sein.

Weiter ging der Rundgang zum Brunnen, aus dem er jeden Tag so köstliches Wasser geschöpft hatte. Er hob die Abdeckung beiseite und blickte in die Tiefe. Erstaunlich, es war immer noch mehr als genug da.

Noch einmal blickte er zu den Rosen, noch einmal zum Wald – dann kehrte er in die Hütte zurück, die für ihn in diesen Tagen zu einem wirklichen Zuhause geworden war. *Es wird bald Herbst,* stellte er nachdenklich fest, *das Leben geht weiter.*

Tom fand, es wäre jetzt Zeit für einen Kaffee. Gerade als er ihn fertig aufgebrüht hatte, klopfte es. Er lächelte und ging zur Tür. Als er sie geöffnet hatte, stand Katharina vor ihm in einem quietschgelben Regenmantel. „Katharina, du Mutige, ich freue mich. Hereinspaziert in die gute Stube!"

Sie zog erst einmal ihren Regenmantel und die Stiefel aus, dann kam sie strahlend mit ihrem Korb herein. „Na, wie sieht's aus, hast du einen …?" Sie stockte. „Wie schön, das ganze Haus riecht bereits nach Kaffee!"

Sie setzte sich auf ihren Stammplatz und studierte sofort die aufgereihten Karten. „Ich sehe, dass eine neue Frage dabei ist. ‚Welches Fest feierst du heute?'"

Er reichte ihr vorsichtig eine übervolle Tasse Kaffee. „Tolle Frage, nicht wahr? Ich habe gestern so viele Feste gefeiert, die reichen für die vergangene Woche gleich mit."

Katharina nahm eine Frischhaltebox aus ihrem Korb. „Ich habe etwas mitgebracht für das nächste Fest." Sie öffnete die Box. „Selbst gebackener Apfelkuchen mit den ersten selbstgepflückten Äpfeln aus dem Garten in diesem Jahr."

Er holte zwei Teller aus dem Regal und dachte an den fünften Brief. „Ein Fest feiern, einfach so? Das werde ich in Zukunft bestimmt öfter tun. Ich finde, man kann gar nicht genug feiern. Lass uns das Leben feiern!"

Sie legte ihm ein Stück Kuchen auf seinen Teller. Es roch wunderbar. „Mit viel Zimt, so liebe ich es."

Dann kam sie selbst an die Reihe. „Es ist ein kleines Abschiedsfest. Die nächsten Tage bin ich unterwegs, da sehe ich dich nicht mehr."

Tom schluckte mehrmals. „Ich werde dein Strahlen und unsere guten Gespräche vermissen." Er schmunzelte. „Und deinen Zauberkorb natürlich auch."

Sie sah zur Rose. „Du bist bei ihr ja in guter Gesellschaft. Und Dornen habe ich auch, musst du wissen."

Tom zögerte kurz, als traute er sich nicht, seine Frage zu stellen. „Ich habe mir gedacht, also, du hast immer so gute Laune. Gibt es ein Geheimnis, das du mir verraten würdest?"

Sie lachte. „Ich weiß es auch nicht. Ich fühle mich mit guter Laune eben am wohlsten. Und ich stelle immer wieder fest, dass mein Strahlen auch anderen gefällt." Sie zwinkerte ihm zu. „Du

adeo

Unterwegs. Sein.

Vom Islamisten zum Brückenbauer

„Ein Islam, der Andersgläubige abwertet und Gewalt legitimiert,
darf keinen Platz in Deutschland haben." Von Kindesbeinen an wurde
Yassir Eric darauf getrimmt, Ungläubige zu verachten und für Allah
zu kämpfen. Doch er fand zu Jesus. Heute lebt er als Theologe in
Deutschland und wirbt für ein gutes Miteinander der Religionen.
Die aktualisierte Neuauflage der erfolgreichen Biografie.

„Wir müssen Konflikte offen
benennen und lösen,
nur so ist ein friedliches
Miteinander möglich."

Yassir Eric

Aktualisierte Neuauflage

Yassir Eric

Hass gelernt, Liebe erfahren
Gebunden · Schutzumschlag
mit 16-seitigem Bildteil
224 Seiten
€ 20,–
ISBN 978-3-86334-378-1

NEU!

Niels Petersen
Hope Dealer – Vom Drogenhändler zum Hoffnungsbringer
Gebunden · mit 8-seitigem Bildteil
256 Seiten
€ 22,–
ISBN 978-3-86334-373-6

Radikale Kehrtwende

Get rich or die tryin'! Niels Petersen will das große Geld machen und arbeitet für ein berüchtigtes Drogenkartell in Kolumbien. Partys, Frauen, das angesagte Leben. Alles läuft, bis sein Boss ermordet wird, er beim Kokainschmuggel erwischt wird und in der Hölle auf Erden landet, im berüchtigten Knast „La Modelo". Viel tiefer kann man nicht fallen. Doch Gott ist noch nicht fertig mit Niels, auch wenn seine Lage noch so düster scheint ... Heute rappt er das Evangelium und erzählt von seiner unfassbaren Kehrtwende zum Hoffnungsbringer.

NEU!

Priska Lachmann
Wie dein inneres Kind
Heimat bei Gott findet
Klappenbroschur
ca. 208 Seiten
€ 20,–
ISBN 978-3-86334-377-4

Endlich frei werden von alten Lasten

Priska Lachmanns Ratgeber bietet einen fundierten Ansatz, um dem inneren Kind aus der liebevollen Perspektive Gottes zu begegnen, es anzunehmen und zu verstehen. Sie lädt anschaulich ein, die Defizite, den Mangel an Zuwendung und die unverarbeiteten Verletzungen, die uns als Erwachsene oft unbemerkt beeinträchtigen, aufzuspüren, und sie von Gottes Fürsorge und seiner Liebe heilen zu lassen.

Eine Heilungsreise zur Versöhnung

Eva wächst in einer Umgebung von Krankheit, Elend und Tod auf, denn ihre Mutter muss die schwer an Krebs erkrankte Oma und Uroma pflegen. Eva muss „lieb" sein und funktionieren. Als Jugendliche bricht sie aus: Punkbewegung, Satanismus, Missbrauch und wechselnde Beziehungen bringen sie fast um. Bis sie eines Tages erfährt: Ihr Gestern muss nicht über ihre Zukunft bestimmen und Veränderung ist in den schlimmsten Zeiten möglich ...

„Evas Geschichte zeigt, wie Gott aus Scham Freiheit und aus Verzweiflung Hoffnung schaffen kann."

Immanuel Schaufuß,
Experte für Coaching
und christliche Meditation

NEU!

Eva Merg
**Dein Gestern bestimmt
nicht dein Morgen**
Gebunden · Schutzumschlag
192 Seiten
€ 20,–
ISBN 978-3-86334-356-9

Eine Einladung zum Durchatmen

Auf einer Parkbank in die Sonne blinzeln. Auf der Luftmatratze im Baggersee treiben. Diese und viele weitere Orte zum Glücklichsein liegen gar nicht weit weg! Ursula Kollritsch hat sich auf Spurensuche begeben und wundervolle Entdeckungen gemacht. Oft braucht es nur ein bisschen Aufmerksamkeit und Wertschätzung für unsere Umgebung, um das Schöne und Lebenswerte wahrzunehmen. Dieses Buch versammelt 75 gut erreichbare und originelle Wohlfühlorte für kleine Auszeiten im oft stressigen Alltag.

„Es tut gut, auch mal im eigenen Leben die touristische Brille aufzusetzen und sich zu freuen: über das, was ist. Das Schöne, das Wärmende, das Bezaubernde, vielleicht das Unglaubliche."

Ursula Kollritsch

NEU!

Ursula Kollritsch
Das Glück wartet gleich um die Ecke
Gebunden
zweifarbige Innengestaltung
192 Seiten
€ 17,–
ISBN 978-3-86334-380-4

Rainer Haak

DIE
FISCHERHÜTTE
IM Irgendwo

Auf der Suche nach
den Farben des Lebens

Eine Erzählung

adeo

„Alles in diesem Buch ist wahr.
Auf seine Weise. Es wird so oder ganz
anders von denen erlebt, die sich
auf die Suche machen nach sich selbst
und den vielen Farben des Lebens."

Rainer Haak

NEU!

Rainer Haak
Die Fischerhütte im Irgendwo
Gebunden · Schutzumschlag
128 Seiten
€ 14,95
ISBN 978-3-86334-389-7

Neue Weiten im Leben entdecken

Tom ist frustriert. Er nimmt sich eine Auszeit in einer alten Fischerhütte, fernab der Zivilisation. Glücklicherweise ist er aber nicht völlig allein in der Wildnis. Unerwartete Begegnungen bereichern ihn und bringen ihn auf neue Gedanken. Und nicht zuletzt sind da noch die geheimnisvollen Briefe von G. Er stellt Fragen, die Tom herausfordern, sich neu auf die Suche nach der Farbe in seinem Leben zu machen. Eine leichtfüßige Erzählung rund um den Sinn des Lebens und die eigene Sehnsucht nach Weite.

Heilsame Ruhepausen im Alltag

Sebastian Steinbach führt durch Themenreihen wie Gebet, die Psalmen, den Umgang mit Gottes Schöpfung und unsere Verantwortung als Christen. Mithilfe von Bibelstellen und Zitaten leitet er durch Meditationen und Gebete in die persönliche Stille. Die Impulse in diesem Buch basieren auf dem gleichnamigen Podcast „Lebensliturgien" und führen per QR-Code zu den Podcast-Folgen. Ein von der versierten Grafikerin Mira Weiss stimmig gestaltetes Buch, das in eine wohltuende gedankliche Auszeit führt.

NEU!

Steinbach / Weiss

Lebensliturgien

Gebunden · durchgehend vierfarbig

ca. 256 Seiten

€ 22,–

ISBN 978-3-86334-385-9

Hier geht es zu einer Folge des Postcasts auf Spotify

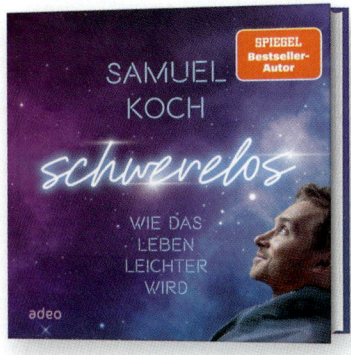

„Unglaublich, wie viel Kraft
dieser junge Mann hat."

Brigitte

Samuel Koch

Schwerelos

Gebunden · durchgehend vierfarbig

208 Seiten

€ 20,–

ISBN 978-3-86334-358-3

Wie das Leben leichter wird

Wie wird man Schwere los? Wo finde ich Freude und Zuversicht? Und
wie kann *trotz allem* das Leben gelingen? Nach seinem Unfall bei „Wetten
dass..?" hat der ehemalige Kunstturner und heutige Theaterschauspieler
Samuel Koch neue Wege ausprobiert, um sich wieder unbeschwerter und
lebendiger zu fühlen. Trotz seiner Lähmung vom Hals abwärts hat er zu
neuer Leichtigkeit und einem neuen Sinn gefunden. Überraschend, voller
Hoffnung, Humor und *Mut*ausbrüche teilt er nun seine Erfahrungen.

Zerrissen zwischen Sünde und Erlösung

Er war berüchtigt für Exzesse im Drogenrausch – und überzeugter
Christ. Als größter Rockstar neben Elvis Presley war Johnny Cash
einer der einflussreichsten Musiker des letzten Jahrhunderts.
Mit Kennerblick hat Musikexperte Matthias Huff hinter die düstere
Fassade von Cash geblickt und ungeahnte Einblicke gewonnen, die
das bisher unvollständige Bild der tiefgläubigen Musiklegende
ergänzen und vertiefen.

„Hier geht es um den christlichen
Glauben von Johnny Cash, der
mitreißen und begeistern kann."
Matthias Huff

Matthias Huff
**Johnny Cash – Meine Arme sind
zu kurz, um mit Gott zu boxen**
Gebunden · Schutzumschlag
durchgehend s/w bebildert
224 Seiten
€ 22,–
ISBN 978-3-86334-374-3

„Mein Schönheitswahn war nur ein Ausdruck meiner Hilflosigkeit gewesen. Die Hülle sollte mich für andere wertvoll erscheinen lassen."

Sara Langhirt

Langhirt / Friedrich
Beautiful Soul
Gebunden · Schutzumschlag
192 Seiten
€ 18,–
ISBN 978-3-86334-359-0

Auf der Suche nach Liebe und Identität

Sara Langhirt fühlt sich wertlos. Nicht schön genug. Als sie bei einer Makeover-TV-Show mitmachen darf, ist sie sicher – endlich werde ich glücklich! Doch das Gegenteil ist der Fall. Durch Drogen versucht sie ihrem Elend zu entrinnen. Bis ihr Leben eine radikale Kehrtwende erfährt … Wo sie unerwartet Liebe und Annahme finden konnte und wie sie ihr Leben endlich in den Griff bekam, davon erzählt Sara in ihrer bewegenden Biografie.

Von der schiefen Bahn in ein neues Leben

Das Seehaus ist ein außergewöhnliches Erfolgskonzept: Jugendlichen Straftätern wird dort die Möglichkeit zum Strafvollzug in freier Form gegeben – als Alternative zur herkömmlichen Haftstrafe. Dieses Buch vereint 20 Geschichten von ehemaligen Inhaftierten und den Mitarbeitenden ebenso wie von Kriminalität Betroffenen. Es zeigt voller Wärme und Zuversicht auf, was Großartiges passieren kann, wenn junge Menschen eine zweite Chance bekommen.

„Das Seehaus Leonberg ist einer dieser raren Gegenentwürfe. Es möchte genau jenen Teufelskreis aus Verrohung und Stigmatisierung aufbrechen, in den jugendliche Straftäter gelangen, wenn sie einmal im Gefängnis landen."
DER SPIEGEL

Zehendner / Ospelkaus
Wo Zukunft wachsen kann
Gebunden · Schutzumschlag
208 Seiten
€ 20,–
ISBN 978-3-86334-382-8

„Ich möchte den Frauen eine
Stimme geben, die als Rabenmütter
abgetan und verachtet werden.
Denn hinter jedem Schicksal steckt
eine Geschichte, auf die es sich
einzulassen lohnt."

Gabriele Stangl

Gabriele Stangl
Herzenskinder
Gebunden · Schutzumschlag
256 Seiten
€ 22,–
ISBN 978-3-86334-372-9

Hilfe für Babys in Not

Wo finden Schwangere in größter Not Hilfe? Und wohin mit dem Baby,
wenn sie weder ein noch aus wissen? „Herzenskinder" berichtet von
den Schicksalen der Kinder, die Pastorin und Krankenhaus-Seelsorgerin
Gabriele Stangl als Gründerin der ersten Klinik-Babyklappe in Obhut
nehmen und begleiten konnte. Wie erfahren die Kinder, dass ihre
Bauchmama sie ausgesetzt hat? Und wie ergeht es ihnen später bei
ihrer *Herzmama*? Zutiefst ergreifend und hoffnungsvoll.

Wenn das Leben am seidenen Faden hängt

Eine gesunde, sportliche Frau kann nicht mehr wie gewohnt atmen. Die niederschmetternde Diagnose: Lungenfibrose. Unheilbar. Ohne Spenderlunge keine Überlebenschance. Dann geht alles bergab: Roswitha Jerusel muss ihren Beruf aufgeben, den sie liebt. Nichts ist mehr, wie sie es geplant hatte. Ihr Wunsch an Gott: einmal wieder tief und befreit Luft holen können … Eine leuchtende Ermutigung, wie man schwere Zeiten durchstehen kann, ohne die Hoffnung zu verlieren.

„Roswitha Jerusel lässt uns Leser in die Tiefe ihrer Seele schauen. Das Buch ist packend. Sie zeigt auch die Stärke ihres Glaubens an Gott, von dem sie nie abweicht oder an ihm zweifelt."

Leserstimme

Roswitha Jerusel
**Weil jeder Atemzug
ein Wunder ist**
Gebunden · Schutzumschlag
240 Seiten
€ 20,–
ISBN 978-3-86334-375-0

Reiner Knieling
Kraftworte – Voller Zuversicht leben
Gebunden · Schutzumschlag
durchgehend zweifarbig
192 Seiten
€ 15,–
ISBN 978-3-86334-376-7

Voller Zuversicht leben

Reiner Knieling kleidet jahrtausendealte, aber relevante Worte in ein neues und alltagsnahes Gewand. Dieses Mal stehen die Propheten und Paulus im Mittelpunkt. Auch heute erleben Menschen Verunsicherung und brauchen Worte, die Zuversicht wachsen lassen. Orientiert an den biblischen Texten hat der Theologe diese Worte für unsere Zeit verständlich und behutsam neu formuliert.

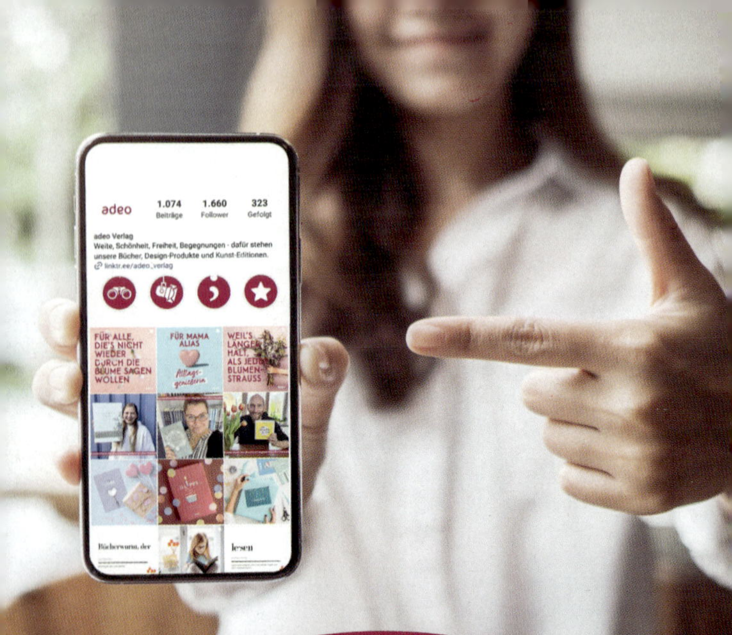

freust dich über deine Rose, obwohl sie Dornen hat? Das liegt daran, dass sie so herrlich blüht. Ich glaube, wir sind alle geboren, um zu blühen."

Eine längere Stille kehrte ein. Der Regen draußen hatte wieder zugenommen. Der Himmel hatte sich weiter verdunkelt. „Du musst dir keine Sorgen machen", sagte sie, weil sie seinen traurigen Blick sah, „morgen scheint wieder die Sonne."

„Das meinte ich gar nicht", antwortete er. „Ich meinte dich und dein Strahlen."

Sie nickte.

Als sie einige Zeit später ihre Frischhaltebox wieder einpackte, nahm sie noch schnell die beiden letzten Kuchenstücke heraus. „Die lasse ich dir hier zur Feier deines letzten Tages."

Sie stand auf und ging langsam Richtung Ausgang. Tom lief hinterher und öffnete die Tür. Er sah sie traurig-glücklich an. „Ich werde dich wirklich vermissen. Danke für alles!" Er dachte kurz nach. „Und viele Grüße an Herrn Salaske."

Die letzten Worte schien sie überhört zu haben. „Eine gute Heimfahrt. Ich werde dir ab und zu ein fröhliches Strahlen schicken. Versprochen!"

Draußen schlüpfte sie in ihre Stiefel und zog den Regenmantel über. Tom lief schnell zurück, um den Korb zu holen. Doch der stand nicht mehr da. Als er wieder auf die Veranda trat, war seine Besucherin verschwunden.

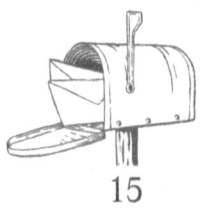

15

EIN HERZ UND EINE SONNE
(Der dreizehnte Tag)

Tom öffnete die Augen, es war bereits fast hell. Er hatte tief und fest geschlafen und fühlte sich wunderbar erfrischt. Kurz reckte er sich und sprang dann voller Tatendrang auf. Durch das Fenster im Hauptraum schien bereits die Sonne herein. Er dachte an Katharina, die ihn gestern aufheitern wollte mit ihrer Prognose: *Morgen scheint die Sonne.* Er schloss die Augen und lächelte versonnen.

Dann gab er sich einen Ruck, machte schnell Feuer im Herd und setzte das Wasser auf. *Das ist mein letzter Tag hier,* sagte er traurig-fröhlich, *morgen geht es wieder nach Hause.*

Es dauerte nicht lange, da saß er zufrieden am Frühstückstisch. Lange betrachtete er die fünf Karten. *Ihr begleitet mich nach Hause und werdet mich mit euren Fragen auch weiterhin auf Trab halten.* Dann dachte er an den Briefkasten, den er in den vergangenen Tagen immer wieder mit klopfendem Herzen aufgesucht hatte. Plötzlich durchzuckte es ihn. *Kein Tag ohne Briefkasten!* Fröhlich sprang er auf und lief hinaus. Die Sonne strahlte, als wollte sie den Besucher aus der fernen Stadt überzeugen, sie in guter Erinnerung zu behalten. Wie nebenbei griff er in den grünen Kasten – und hielt tatsächlich noch einen Brief in der Hand. Auf dem Umschlag stand der bekannte Schriftzug *TOM*.

Damit hatte er nicht gerechnet, oder etwa doch? Schnell lief er zurück und kramte sein Taschenmesser hervor. Mit zitternden Fingern schnitt er den Brief auf, fischte aufgeregt die Karte heraus und legte sie neben die anderen auf den Tisch. Er atmete tief durch: Auf der Karte prangte ein hellrotes Herz. Kein Absender stand dabei. Nur das Herz!

Tom betrachtete es genau. Dann sah er auf seine Rose und wieder auf das Herz. Irritiert nahm er die Karte in die Hand und hielt sie direkt neben die Rose. Die Farbe war identisch. Fassungslos schüttelte er den Kopf. *Was soll mir das sagen?*

Plötzlich lachte er auf und nahm sein Taschenmesser in die Hand. *Ja, das mache ich!* Er sprang in den Nebenraum und stellte sich aufs Bett direkt unter den großen runden Deckenbalken. Er blickte hoch und entdeckte die Sonne. Oder das O. Wieder lachte er und fühlte sich wie ein Kind und ein erwachsener Mann zugleich. Hingebungsvoll schnitzte er ein kleines Herz direkt neben die Sonne. Und für einen kurzen Moment war ihm so, als würde das Herz zu leuchten beginnen.

Erschöpft setzte er sich wieder an den Tisch. Ihm war, als würde er von einer großen, anstrengenden Reise zurückkehren. Sein Kaffee war kalt geworden, aber zum Glück hatte er die Kanne auf den Herd gestellt. So goss er sich noch einmal heißen, dampfenden Kaffee ein und dachte an nichts anderes als den Kaffee. Und an das Herz. Und an die Sonne und Katharina und den Abschied und Finn und Olaf. Und immer wieder an Christina, die wie alle war und ganz anders.

Er wusste nicht, wie lange er dort gesessen hatte, als er plötzlich eine vertraute Stimme laut rufen hörte: „Hallo, alter Seefahrer, bist du zu Hause?"

Tom sprang auf und lief hinaus. Da stand Olaf und strahlte ihn an. „Ich habe doch versprochen, dass ich noch einmal komme." Tom strahlte zurück. „Herzlich willkommen in meiner Hütte!"

Sie setzten sich auf die Bank auf der Veranda und ließen ihre Blicke schweifen. „Wunderschön ist das hier!", flüsterte Tom ergriffen. „Der See und der Wald, dein hellblaues Boot an der Anlegestelle."

„Und der leuchtend grüne, geheimnisvolle Briefkasten", fügte Olaf hinzu, „den wir beide nie vergessen werden."

Tom drehte sich zu ihm und grinste verschwörerisch: „Übrigens, heute ist noch ein Brief gekommen. Auf der Karte war nur ein Herz gemalt, hellrot." Er stockte, dann flüsterte er bewegt: „Ein kleines, großes Herz. Und stell dir vor, ich habe eben ein Herz in den Deckenbalken geschnitzt, genau neben deine Sonne."

Olaf stand auf. „Komm her!" Er nahm Tom lange in den Arm. „Ich freue mich. Ich freue mich sehr!" Dann ging er ein paar Schritte Richtung See. „Lass uns noch einmal mit dem Boot hinausfahren!"

Schon zog er weiter und Tom lief freudig überrascht hinterher. An der Anlegestelle sprang Olaf ins Boot und setzte sich an die Ruder, während Tom hinten Platz nahm und es sich bequem machte.

Sekunden später hatten sie abgelegt. Mit ein paar ruhigen, gleichmäßigen Ruderschlägen waren sie bereits ein gutes Stück vom Ufer entfernt. Dann zog Olaf die Ruder ein, das Tempo ließ langsam nach, bis es ganz zum Stehen kam.

Olaf sah konzentriert zu Tom, der den Rundblick sichtlich genoss. „Es ist Zeit, dass du das Ruder übernimmst." Tom zuckte zusammen. „Wir rutschen vorsichtig aneinander vorbei, nicht aufstehen. Ich komme nach hinten."

Unsicher rutschte Tom auf Knien nach vorne. Sofort schwankte das Boot hin und her. Als er dann an den Rudern saß, spürte er, wie Adrenalin durch seinen Körper schoss. „Wie geht das denn? Und wo soll ich hinsteuern?"

„Leg einfach los. Wir fahren, wohin du willst." Olaf zwinkerte ihm aufmunternd zu.

Etwas unbeholfen tauchte Tom die Ruderblätter ins Wasser. Das Boot schwankte wieder. Es steuerte mal nach rechts, mal nach links. Er versuchte, sich zu konzentrieren, doch statt geradeaus ging es im Kreis. Nur langsam bekam Tom ein Gefühl dafür, wie viel Druck er aufwenden musste, um gut vorwärtszukommen und die Richtung zu halten. „Bei dir sah das alles so einfach aus!", rief er lachend.

Olaf grinste wieder. „Ich bin ja auch geübt. Aber du lernst erstaunlich schnell."

Tom ruderte weiter und es ging tatsächlich immer besser. Schließlich schaffte er es fast bis zur Mitte des Sees. Dann machte er eine Pause. Er staunte, welche Strecke er bewältigt hatte. Schmunzelnd sah er hinüber zu Olaf. „Ich werde doch noch ein Seefahrer!"

Beide ließen wieder ihre Blicke schweifen, zur Fischerhütte, zu einem Schwarm Vögel am Himmel, zu versteckten Buchten und zu den beiden kleinen Inseln. „Wie werde ich das alles vermissen!", platzte Tom in die Stille. „Am liebsten würde ich alles mit nach Hause nehmen."

Olaf nickte. „Das tust du sowieso." Mehr sagte er nicht.

Als Tom schließlich das Boot zurückbugsierte, schlossen sich seine Gedanken dem Vogelschwarm an, der gerade über ihnen hinwegzog. Fast war er ein bisschen traurig, als sie wieder am Bootsanleger ankamen. Beide stiegen aus. „Jetzt fahre ich das Boot allein zurück. Nachher mache ich mit Finn noch ein paar Verbesserungen am Baumhaus. Am liebsten würde er immer darin schlafen." Seine Augen glänzten stolz.

Tom griff in seine Tasche und nahm sein Messer heraus. „Bitte gib das Finn. Ich weiß, dass er sich darüber freut. Und sag ihm: Das Abenteuer geht weiter!"

Etwas später sah er nur noch einen hellblauen Fleck auf dem See. Dann wurde es ein Punkt, bis auch der verschwand.

Am Nachmittag sortierte Tom die letzten Essensvorräte. Dabei fiel ihm der Apfelkuchen von Katharina in die Hände. *Lecker!*, stellte er wieder fest. *Dazu gibt's einen Kaffee, bevor auch der endgültig zur Neige geht. Morgen früh trinke ich Tee.*

Während das Wasser langsam heiß wurde, packte er bereits ein paar Dinge in seinen Rucksack. Zum Glück hatte er ja nicht viel Gepäck. Als er das Notizbuch erblickte, bekam er kurz ein schlechtes Gewissen. Unsicher blätterte er darin – es gab kaum Einträge. Dann sammelte er die Karten ein und legte sie in die Mitte des Buches. *Mehr brauche ich nicht*, entschied er, *es ist schließlich alles gesagt und alles gefragt.* Zufrieden steckte er das Notizbuch in eine Außentasche des Rucksacks. Als das Wasser zu kochen begann, brühte er in aller Ruhe den Kaffee auf. *Das ist das letzte Mal, das werde ich jetzt genießen.*

In dem Augenblick klopfte es. Verdutzt ging er zur Tür und öffnete. Draußen stand Christina und lächelte ihn an. Sie trug ein hellblaues Shirt und eine Hose, die wohl einmal weiß gewesen und jetzt mit allen möglichen Farben und Mustern versehen war. „Hab ich selbst gemacht!", entgegnete sie auf seinen erstaunten Blick.

Diese Haare!, schoss es ihm durch den Kopf. *Diese Haare!*

„Ich wollte mich von dir verabschieden", sagte sie mit einem Zwinkern und schob sich an ihm vorbei in die Hütte, „so etwas wie dich gibt es schließlich ausgesprochen selten bei uns."

Er schloss umständlich die Tür. „Entschuldigung, komm doch herein!", rief er ihr verdattert hinterher, während sie Platz nahm und ihre Leinentasche über die Lehne hängte.

Als er am Tisch ankam, sah sie ihm keck in die Augen. „Du hast schon angefangen zu packen? Da habe ich ja Glück gehabt, dass du noch da bist." Sie atmete tief ein und leckte sich die Lippen. „Es riecht gut bei dir. Hast du für mich auch etwas zu trinken?"

Er sprang auf und lief zum Herd. „Natürlich. Ich mache dir schnell einen köstlichen Kräutertee."

Sie lehnte sich entspannt zurück. „Für mich bitte einen Kaffee!"

Überrascht sah er sie an. „Natürlich, gern, ich habe hier zufällig gerade eine Kanne Kaffee stehen. Wie wär's mit einem Stück Apfelkuchen dazu?"

„Einverstanden!"

Betont lässig goss er den Kaffee in zwei Becher und teilte den Apfelkuchen auf, wobei seine Hände ein wenig zitterten.

Christina saß völlig locker da und probierte gleich den Kuchen. „Köstlich, ganz lecker! Das muss ich dir lassen, Kuchen backen kannst du."

Tom schluckte und erwiderte lieber nichts.

Plötzlich griff sie in ihre Tasche, die immer noch am Stuhl hing. „Hier, ich habe dir ein Geschenk mitgebracht." Sie stellte ein Stück Holz auf den Tisch, das ungefähr so hoch war wie die Kaffeebecher. „Das stammt vom dicken Ast einer Buche, der vor längerer Zeit bei einem Sturm abgebrochen ist. Ich habe es vor ein paar Tagen herausgeschnitten."

Tom blickte irritiert und fasziniert zugleich auf das seltsame Kunstwerk. Die Rinde war entfernt und das Holz aufwendig poliert worden. Alles sah schön und perfekt aus.

„Fass es ruhig an", ermutigte sie ihn.

Zaghaft strich er über die glatte Oberfläche. „Irgendwie schön." Er dachte an die polierten Edelsteine, die ihm seine Tante zur Einschulung geschenkt hatte.

„Gefällt es dir?", fragte sie.

„Ich weiß nicht. Es ist schön und glatt."

Jetzt drehte sie das Stück um, sodass die Rückseite zu sehen war. Hier war das Holz gar nicht behandelt. Die Rinde war von feinen Furchen durchzogen. Tom entdeckte gleich etliche Knubbel und Narben. Unsicher strich er über die raue Oberfläche.

„Gefällt sie dir?", fragte sie wieder.

„Oh ja, irgendwie, ich weiß nicht weshalb. Vielleicht erinnert sie mich an die Fischerhütte." Dann fragte er: „Soll die Figur etwas Bestimmtes darstellen?"

Christina stand auf und drehte sich anmutig im Kreis, als würde sie einer geheimnisvollen Melodie folgen. Er sah irritiert zu und fühlte sich ein wenig hilflos in seiner Haut.

Sie stand jetzt neben ihm am Tisch. „Du hast meine Musik im Wald gehört, stimmt's? Du bist auf dem See gerudert, mit dem alten Fischer. Und du hast meinen Baum gesehen."

Sie nahm das Kunstwerk und legte es ihm in die Hände. „Ich nenne es: Die Entscheidung."

Tom sah sie fragend an.

Sie lachte. „Wenn du zu Hause bist, entscheidest du, welche Seite du sehen willst." Dann gab sie ihm einen Kuss auf die Wange und nahm ihre leere Tasche. Sein Herz klopfte. Sie öffnete selbst die Tür und schwebte davon.

Tom saß immer noch am Tisch und nahm das Kunstwerk in die Hand. Während er es Stück für Stück weiterdrehte, zogen die vergangenen Tage noch einmal an ihm vorbei. Er hatte sich längst entschieden.

Am Abend wurde es schon früh kühl, obwohl die Sonne den ganzen Tag lang geschienen hatte. Tom fand noch ein Bier im Vorratskeller und setzte sich in eine Decke gehüllt auf die Veranda. Er erlebte das gleiche wunderbare Schauspiel wie am ersten Abend: Die eben noch farbige Welt verwandelte sich langsam in ihre schwarze Schwester, bis jemand das Licht ausmachte. Er fühlte den bitteren Schmerz, Abschied nehmen zu müssen. Und den süßen Schmerz, etwas Neues zu beginnen.

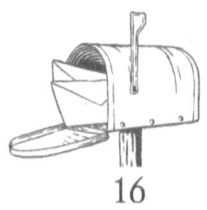

16
DAS BESTE MESSER DER WELT
(Der Abschied)

Als Tom am frühen Morgen erwachte, dachte er bereits an die Rückfahrt und sein neues Leben in der Stadt. Abschied genommen, so war sein Eindruck, hatte er intensiv genug.

Was soll ich sagen, wenn mich zu Hause jemand fragt, wie es war? Er ging zum Herd, um ein letztes Mal ein Feuer zu machen. *Ob mich jemand verstehen wird, wenn ich hiervon erzähle?*

Das letzte Frühstück hatte er bereits am Vorabend bereitgestellt. Als sein Tee gezogen hatte, setzte er sich noch einmal an den Tisch, auf dem immer noch die Rose stand, direkt neben der „Entscheidung", dem Geschenk von Christina. Er lächelte. Normalerweise hätte er jetzt an den Briefkasten gedacht. „Heute nicht!", sagte er laut, als wollte er sich von diesem Gedanken abbringen.

Er ging doch – und machte sich sofort über sich selbst lustig. *Ich kann wohl nicht ohne!* Auf dem Weg winkte er zum Bootssteg hinüber, obwohl dort niemand zu sehen war. Allenfalls am Horizont war ein kleiner hellblauer Fleck zu erkennen. Belustigt griff er in den Briefkasten – und hielt tatsächlich einen Brief in der Hand. *Nein, ich fahre jetzt nach Hause. Bitte keine Fragen mehr!*

Auf dem braunen Umschlag, der bestimmt schon anderweitig benutzt war, stand in Druckschrift: „Tom".

Er lief zurück und riss den Umschlag auf. Sofort fiel ihm ein kleiner, flacher Fisch aus Holz entgegen. Dann folgte ein Blatt Papier, auf dem in etwas krakeliger Schrift stand:

Für Tom

geschnitzt mit dem besten Messer der Welt.

Finn aus dem Baumhaus

Tom putzte sich lange die Nase. Er dachte zurück an sein Baumhaus, damals, als er so alt war wie Finn. Zärtlich nahm er den Fisch in die Hand und strich über die kleinen Unebenheiten. *Er wird mich immer an die Tage und Geheimnisse hier erinnern.*

Es dauerte keine halbe Stunde, bis er den Rest gepackt und noch ein wenig in der Hütte aufgeräumt hatte. Zuletzt legte er vorsichtig den Fisch und die „Entscheidung" in die Reisetasche. Dann steckte er den Schlüssel von innen in die Tür, sah zum alten Herd und zum Tisch mit den vielen Kerzen, lächelte noch einmal der Rose zu und ging hinaus.

Draußen setzte Tom den Rucksack auf und nahm die Reisetasche in die Hand. Ohne sich noch einmal umzusehen, lief er los, während über ihm ein Schwarm Wildgänse hinwegzog. Trotz seines Gepäcks fühlte er sich leicht und frei.

Als er die Dorfstraße erreicht hatte, blickte er hinüber zu der Baracke. Dorfstraße 5. Verwundert rieb er sich die Augen. An dem Gebäude prangte ein Schild mit der Aufschrift „Landmaschinen-Reparatur". Er schaute nach links, dann nach rechts – die Agentur war verschwunden.

Immerhin, sein Auto stand noch da. Er schüttelte belustigt den Kopf und wuchtete sein Gepäck hinein. Dann ging er zur Baracke. Vorsichtig öffnete er die Eingangstür und blickte hinein. Es roch nach Maschinenöl. Er grinste, weil er an Salaske dachte. Im hinteren Teil hantierte jemand an einem Schweißgerät. Von dem Tresen, dem Büro und erst recht von Salaske war nichts zu sehen. Feierlich schloss er die Tür. *Noch ein G:heimnis.* Lächelnd dachte er an ein Herz, das zu leuchten beginnt, und an eine blühende Rose im Niemandsland.

Langsam ging er zum Wagen, stieg ein und fuhr los.